吉田ルカ

死を思うあなたへ

つながる命の物語

日本評論社

刊行によせて――命の連鎖《れんさ》を手渡す物語

高木俊介

この本は、幼い頃からワケもわからないままじぶんを否定され続け、そのためにじぶんには生きている価値がない、死んでしまいたいと感じ続けてきたひとりの少女の成長の物語です。「児童虐待《じどうぎゃくたい》」ときくと、多くの人たちは鬼のような親が何もわからない小さな子どもを何時間もなぐったり蹴《け》ったりする暴力の嵐を想像するかもしれません。しかし、この本から読み取れるかぎりでは、作者のルカさんの家庭はそのような目に見える暴力が頻繁《ひんぱん》にあったわけではなさそうです。そのような暴力ではなくて、父親は教育、しつけという名の下に彼女にじぶんの価値観を押しつけ、妻や子どもの行動すべてをじぶんの思い通りにコントロールしようとし、母親はじぶんが犠牲《ぎせい》になることで夫のそのような言動を支えようとしていたように思えます。ルカさんの育った家庭は外見には一見何の問題もないいわゆるエリート家族ですが（あるいは、それゆえに）、ふだんは言葉の暴力によって子どもの気持ちを否定し抑圧し、時として現実の暴力に訴えるような家庭です。こうした価値観にとらわれた家族は、実は戦後の日本に典型的なものでした。

ルカさんが多感な青春を過ごしていた時代、一九九〇年代から二〇〇〇年代のはじめは、そのような日本の家族の価値観が行きづまり、根底的に変わろうとしていた時代です。この時代から、何が起こっているのかわからないままにその変化を感じ、そこに生きづらさを感じた多くの若者たちが不登校、ひきこもり、自傷行為、摂食障害、依存症、多重人格のような解離《かいり》など、さまざまなメンタルヘルスの問題を抱えるようになります。

ルカさんの人間関係と社会に対する鋭敏な感覚とじぶんの人生をじぶんのものとして生きようとする誠実さは、じぶんの家族関係の中にある命への抑圧《よくあつ》、子どもの心身を支配しようとする暴力、その暴虐に見て見ぬふりをする夫婦関係という欺瞞《ぎまん》を、身を賭《と》してあばきだします。彼女の生きざまは、ますます若者が生きづらくなっている現代日本社会の中で、最初にその兆《ちょう》候《こう》に気づいて大人たちに知らせようとした「炭鉱のカナリア」のようです。

そのような生きづらさ、挫折《ざせつ》、虐待による傷、思春期の屈折を抱えたルカさんが、その苦しみの解決のために最初にたたいた扉《とびら》が精神科でした。彼女の物語は、そこから多くの出会いへと開かれていきます。不思議と彼女のまわりには、「まっとうな大人」が集まってきます。最初の入院で出会った精神科医は、彼女に「あなたは病気ではないから、僕は治療はしません。あなたの成長のお手伝いをします」と宣言し、それが彼女の精神科医への信頼感を生みます。この一言で、おそらく彼女は、この入院がこれまでじぶんには得られなかった「安全な場所」を提供してくれるものだと確信します。

入院中に出会う多くの人々の肖像《しょうぞう》は、それぞれに魅力的です。主治医以外の精神科医も主治医と同じように治療に親身になってくれます。病棟の看護師たちとの交流、そうじのおばちゃんたちのユーモラスで真摯《しんし》な思いやりも、生き生きと描写されています。もちろん、精神病院という場所の暗い一面である医者や看護者の横暴な言動も、彼女は見逃していません。

そんなさまざまな出会いの中でも印象的なのは、入院中に出会った精神科の患者さんたちでしょう。特に、ルカさんが病院の保護室で父親と言い合いになり、怒った父親が勝手に保護室（外からカギのかかる監獄《かんごく》のような個室）の扉を閉めてしまったとき、それまで下を向いて無表情で狭い廊下《ろうか》を行ったり来たりしているだけだった統合失調症の女性が、いきなりしっかりした態度に変わって看護師を呼んで、閉じ込められた彼女を救い出す場面。別の統合失調症の女性は、その後保護室で泣き暮らすルカさんを聖母のように抱きしめます。彼女たちの存在は、精神科医の私にとってはとても感動的でした。入院中に出会った同世代の友人たちの自殺というつらい経験もありましたが、この統合失調症の女性のように社会の中でもっとも差別されてきた存在がもつ限りないやさしさに触れた経験は、おそらく彼女がその後「生きたい」と意思するきっかけに違いないと思います。

この物語を読んで、あらためて人を癒《い》やすのは薬ではなく人なのだということを実感します。人が薬となる出会いが得られたとき、「死にたい、死にたい」という気持ちは「でも本当は生きたい」という希望に変わるのでしょう。彼女が入院した病棟は、そのような出会いによる癒やしの場を彼女に提供するものでした。

私は精神科医ですので、ひとりでも多くの人がこのような人生のもっともつらい時を過ごせるような精神科治療の場があればよいなと思います。しかし、ルカさんの物語に共感する若い人にも知っておいてほしいのですが、私たちの住むこの国の精神科病院は、多くはこのような期待に応《こた》えられるものではないということを、残念ながら言っておかねばなりません。特にこのごろの精神科というところは、なんでもかんでもすぐに病気というレッテルを貼《は》って、病気なのだからという理由でたくさんの薬を使います。もちろん薬は役にたつことも多いのですが、安全な場所、安心できる環境、心の交流のある人間関係のないところでは、薬はただ飲んで副作用が苦しいだけのものになります。そして、多くの精神科病院はいまだに患者さんを閉じ込めておくだけの旧態依然とした場所です。ルカさんが思春期の大切な一時期を過ごしたすばらしい病棟も、今も同じような場所であるかどうかはわかりません。それにもかかわらず、ルカさんと同じような苦しみを抱えて「死にたい」と感じている若者は、この閉塞《へいそく》した時代の中でますます多くなっています。私たちが彼らの「本当は生きたい」という気持ちに応《こた》える「まっとうな大人」であろうとするならば、そのような彼ら彼女らにとって安全な場所、安心できる環境、心の交流のある人間関係を、病院ではないこの社会の中に作らなければならないのです。

最後にもうひとつ。「虐待は連鎖する」と言われます。この言葉は、それを聞いたルカさんをずっと苦しめてきました。このような脅《おど》しともとれる言葉は、実際にそれに苦しんでいる人には届きません。しかし、虐待は連鎖する運命なのだというこの言葉は、ほんとうは何の根拠もない言葉なのだということは、ルカさん自身の人生が証明しています。虐待が連鎖するのは、何世代にも渡って家族を閉じ込めている壁《かべ》を打ち破ることができない時です。閉じた家族の輪が、この世界の他のたくさんの人々に開かれたとき、他者との出会いが生まれたときに、連鎖は断ち切られます。

ルカさんの苦しかった青春時代は、そのことを同じ苦しみをもつ「あなた」に手渡すことで、あたらしい意味をもつことができるでしょう。そのような「あなた」に、彼女の物語が伝わることを願います。

（たかぎ・しゅんすけ／精神科医）

プロローグ

命の連鎖《れんさ》

「大丈夫。お母さんがしっかり産んであげるから」

臨月《りんげつ》の大きくふくらんだお腹をさすりながら、赤ちゃんに話しかける。「しっかり産んであげる、大丈夫だ」という言葉は、本当は私自身へのはげましの言葉なのだ。生き残ってしまった者としての義務感から、子どもを産もうと決心した。でも、私は母親になるのがとても怖い。まわりの妊婦さんたちが、小さな靴下を編んだりしながら、赤ちゃんの誕生を心待ちにしているなか、こんなにも不安を感じているのは、私一人だけのように感じて心細くさみしかった。

「虐待は連鎖する」

この言葉に、今までどれだけ縛《しば》られ苦しめられただろう。姉と二人で、一緒に泣いた夜を思い出す。

「父親になぐられた娘は、いつか父親と同じような〝なぐる男〟と結婚してしまう。おまけに自分も虐待《ぎゃくたい》する親になってしまう」

自分たちは一生暴力から逃れられないのだ、それならば結婚も出産もしないでおこう、人並みの平凡な幸せは求めても得られないのだ、悪い星のもとに生まれてしまったのだと、みずからの運命を呪《のろ》った。でも私は負けない。なぜなら私には強い味方がいるからだ。

「あなたは絶対に虐待する親にはならない、百パーセント保証する」

そう何度も何度も繰り返しはげましてくれたその言葉を、お守りのように思い出しては、「大丈夫、大丈夫」とお腹をさすっていた。

陣痛は想像をはるかに超える痛みだった。体が破裂《はれつ》するのではないだろうかと思うほどの痛みが、私の中で熱く熱く燃えて、その痛みはどんどん強さを増して下へ下へと降りてくる。生命力の塊《かたまり》が私の子宮口を、巨大な波とともにぐんぐん押してはひろげていく。私は何もできない。ただフーフーと息を吐きながら、体の力を抜くだけだ。最後はゆっくりクルクル回りながらニョロンと私の外へ出てきた。私は何もしていない。赤ちゃんが自分の力で産まれたのだ。

この時、悟った。子ども自身に生きる力、育つ力があることを。それはとてつもなく強い生命力だ。結局、親は何もできない、ただ〝生きる力〟を邪魔しなければいいだけだ。するとこれまで蓄積されてきた、育児に対する不安はいっぺんに吹っ飛んだ。臍帯《さいたい》が切られると、完全に私から離れて、赤ちゃんはひとりの人になった。一緒のお布団《ふとん》の中で、私の隣でスヤスヤ眠る、小さいけれど偉大な生命力の塊を尊敬のまなざしで見つめる。

「あなたはとても勇敢だ。暗くせまい産道をよくひとりで頑張って通ってきたね。産んであげるだなんて、失礼でおこがましいことを言って、ごめんね」

眠っている赤ちゃんの横で、私はただその寝顔を見ている。ときどき確認するかのように、赤ちゃんは小さなまぶたをうっすらと開いて、ぼんやりと私を見る。「大丈夫だよ、そばにいるよ、あなたは強い子だよ、だからこれからも、きっと強く生きてゆけるよ」そう心の中でささやきながら、ふたたび安心したように眠るわが子を、じっと見つめている。何も言わず、静かな時間を二人で過ごす。せまい病室で、何も言わず、静かに……。ああ、この光景は、どこかで見た、私自身がかつて経験したような、そんな気がするのだ……。

それは私が二十二歳の冬のことだ。白いカーテンで仕切られたせまい観察室のベッドで目がさめた。体にはたくさんのチューブがついている。私は自殺をはかり、病院に運ばれたのだ。ふと顔を横に向けると、ひとりのお医者さんがベッドの横のイスに腰かけ、かなしそうに私の顔をじっと見ている。私の大好きな先生だ。いつも優しくおだやかで、こんな人が本当のお父さんだったら幸せだっただろうなと、ずっと愛着を感じていた先生が、かなしそうに私を見ている。

「なんでこんなことしたんや」

先生は、たった一言、嘆《なげ》くようにつぶやいた。私は何も答えられず、ただ天井《てんじょう》を見ていた。けれど、その一言で自分がしてはいけないことをしたということが、やっとわかった。道徳や倫理などという理屈《りくつ》ではなく、心でわかったのだ。

そのまましばらく、先生は何も話さずに、ただ一緒にいてくれた。その静かな時間の中で、私はおそれ多いほどに崇高《すうこう》で純粋な贈り物をもらった。それは、たとえ病気で寝たきりの状態であっても、生産的な活動が何もできなくても、どんな理由があろうとも「死ななくていい」「生きていていい」というメッセージだ。何も言わず、ただそばに座《すわ》って、一緒に過ごしてくれたあの静かな時間が、私の命を肯定してくれた。

私の友達は、みんな死んでしまった。私だけ生き残ってしまった。私はひとりぼっちだ。思春期のあの頃、一緒に入院していた人たちを、今でも家族のように感じてしまうことがある。特に、私と似た境遇で育った同じ年頃の患者さんたちには、兄弟や姉妹のような親近感を抱いた。親に大事に育てられた人のまわりには、目に見えない囲《かこ》いがあって、私は彼らの中に入れなかった。

そうでない人たち、すなわち安全な囲いを持たない人たちは、まるで巣から放り出された雛《ひな》鳥《どり》のように、いつも不安で何か探し物をしているようだった。彼等に触れた感触は温かくやわらかくここちよい。囲いという境界線を持たない私たちは、すぐに惹《ひ》かれあい溶《と》け合ってしまうのだ。それゆえ彼らの自死はまるで、私の一部を亡くしてしまったようにさえ感じる。

私の生涯でもっとも大切な友達は、二十四歳の若さで亡くなった。清純で聡明で繊細《せんさい》で天使のような女の子だった。けれど、彼女といるとさみしかった。いつも私の前からスーッと消える。気がつくと、いつのまにか姿がなくなっているのだ。「さようならを言わないとびっくりするよ、さみしくなるよ」と言うと、「私は別れの挨拶をしてもらえるような価値のある人じゃない」と彼女は言う。謙遜《けんそん》ではなく、本気でそう思っているのだ。先に退院した彼女から病棟の私あてに何度も手紙が届いた。そこには彼女の悩みがつづられていた。


「私はピエロだ」

「良い子の仮面がはずせない」

「良い子の仮面をはずしたら私は無だ」……………

「その空虚感を埋めるように過食をするのだ」と書いてあった。でも良い子の仮面なんて、つけたことがない私には、彼女の苦悩はよく理解できなかった。私はあなたが大好きだ。あなたは私の大切な友達だ。ただそう書いて返事を送った。毎日のように何通も何通も手紙のやりとりをした。そのあと手紙が届かなくなった。いつも急に姿を消す人、いつか消えてしまうかもしれない人、そう心のどこかで覚悟していた自分を責めた。

手紙が届かなくなって数日後、ポストに分厚い書類用の封筒が入っていた。差出人は彼女の母親だった。とても達筆な隙《すき》のない字で、彼女の死の知らせに始まり、私が彼女に宛《あ》てて書いた手紙を読んだ感想、健康だった頃の彼女の優等生ぶりがつづられていた。手紙と一緒に入っていたものは、彼女が中学時代に優秀作品として表彰された作文の束だった。作文をすべて読んだけれど、私の知っている彼女の面影《おもかげ》はそこにはなかった。〝良い子の仮面〟の意味がようやくわかった。手紙の最後は、こう締《し》めくくられていた。

「私は娘を亡くしてしまった。楽しみにしていた、娘の結婚や孫の誕生の機会は奪われてしまった。これからは代わりに、あなたのことを娘だと思って生きてゆきたい。ときどき、私に手紙で近況を知らせて欲しい」

分厚い封筒をすぐゴミ箱に捨てた。「手紙など書くわけがない。子どもをなめるな」、そう思った。私の大切な、かけがえのない友達に〝代わり〟などいるわけがないのだ。

私は想像する。本物の天使になってしまった彼女のことを。窮屈《きゅうくつ》な仮面をはずし、美しい世界でにっこりほほえんでいる姿を。

第1章

築《きず》かれていない家庭

虐待《ぎゃくたい》のはじまり

私の記憶に残っている限りでは、最初になぐられたのは四歳の冬だった。門限を守らなかったのだ。時間に遅れて家に帰ると、いきなり父が私のスカートとパンツを下げておしりをたたき始めた。家族全員の前で、まるで見せしめるように。家族は何も言わず、じっとだまってなぐられる私を見ている。とても異様な雰囲気《ふんいき》だった。四歳の女の子にはすでに立派《りっぱ》な羞恥心《しゅうちしん》があるのだ。異性の親に下着を無理やり脱がされることは、とてもはずかしく恐ろしいことをされている気がした。そして、そもそも時計もまだ読めない四歳の子どもには、門限を守れる力はないし、一人だけで外へ放任《ほうにん》してしまわずに、送り迎えくらいは親がしてやらないといけない年齢だ。

あの時の父の行為は、子どもの安全を守るための教育的なしつけではなく、〝模範的な良い親〟であろうとする自分本位なものだろう。父の気分次第で、放任は突然、厳格《げんかく》で封建的《ほうけんてき》な雰囲気に変わったりする。

役所勤めの父は、毎晩きっちり同じ時刻に帰宅した。その時間には、夕飯がちょうど良い温度で食卓に並んでなければいけない。「ただいま」の代わりに父が言う単語は「電話」「手紙」。母が召使《めしつかい》のような口調で「ございません」と答えると、「その前に「おかえりなさいませ」やろ。何べん言うたら覚えるんや。あほ」とどなる。父は母を罵《ののし》る以外は単語しか話さない。いわゆる亭主関白《ていしゅかんぱく》男の「フロ・メシ・ネル」だ。小学生の私はいつも心の中でツッコミを入れていた。

「フロ」（ほんで何やねん。フロがどうしてん）
「メシ」（メシがどうやねん。食べたいんやったら食べたいって言え）
「ネル」（勝手に寝て来い。もう起きて来るな）

この頃からもうすでに、父のことを憎《にく》んでいた。そして毎日のように母に訴《うった》えた。

「早く離婚して。一緒に逃げよう」

「離婚はしない。ほんまは良い人なんや」

ため息をつきながら、母はいつも涙ぐんでいた。あの悪い男からお母さんを守らないといけない、小さな心に健気《けなげ》に誓《ちか》っていた。

父は常に体罰のチャンスを狙《ねら》っているようだった。恐ろしい目つきで高いところから子どもたちの粗探《あらさが》しをしている。緊張感が支配する食卓では、食事が美味しいと感じたことなんてなかった。いつも無言で怯《おび》えながら食べる。はしの持ち方が悪いとたたく、ひじを突くとたたく、姿勢が悪いとたたく、食事中、ずっとたたかれてばかりだ。

夕食が終わると、さらに緊張する時間がやってくる。父が私の勉強をみる時間だ。本来なら育児は母親の仕事だが、母がいたらないために仕方なく自分がやるのだとグチをこぼしながら。私は勉強が好きだ。でも無理に教えられて、暗記ばかりする学び方は苦手なのだ。一問間違うと目の前で鉛筆《えんぴつ》を折る。二問目、定規《じょうぎ》で体をたたく。三問目、硬《かた》い教科書の角で頭をたたく……。

どんどんエスカレートしてゆく。体のあちこちが痛いと悲鳴をあげる。まるで、子どもの勉強をみるという口実で、〝暴力〟を〝しつけ〟という言葉で正当化できる、ストレス発散の時間のようにみえた。私は、小学生の頃から、勉強部屋で毎晩二時間ほどなぐられ続けた。そこへロボットのような表情をした母がやって来る。父に指示された夜食を持ってくるのだ。いつも父はどなり、母はあやまっていた。

「言われる前に持って来い。ちょうど腹が減った頃合いを見はからえ。そんな気もつかんのか。あほ」

「申しわけございませんでした」

支配と服従。それはきっと、本質的には同じもので、両者が存在し、お互いに補《おぎな》い合うことでのみ、維持《いじ》される関係性である。けれど、子供の心の成長をさまたげる不健全な主従関係は、子どものいる世界には必要ない。とにかく、この時の父には、家族を支配する力を持たせてはならなかったのだ。

官僚のスーツを着た繊細《せんさい》な芸術家

ネコを飼い始めたばかりの頃、父はすぐに書店へ走り、『ネコと友達になる飼い方』という本を買ってきた。パラパラと、そのネコの本をめくると、赤線青線がいっぱい引いてある。そこまでして真剣に読む内容の本ではないのに。よっぽどネコと友達になりたいのだろうか、そんなに孤独なのだろうか、と思いながら読み進めると、思わぬところに赤線が引いてあった。「ネコのように自由に生きたい」、ならば自由に生きれば良いのにとネコのような性格の私は思う。いったい何が父を、そこまで不自由にさせているのだろうか。

父の生い立ちは少し気の毒かもしれない。戦時中に高齢出産で産まれ、実の父親はいつも不在で、父親代わりとなる、歳の離れた学者の兄が二人いる。本人たちの話では、旧制高校の生徒たちは、教師から「あなた方は選民である」と教わり、周囲からも特別あつかいされるそうだ。そんな教育を受け、兵役も免《まぬか》れ、そのまま時代の流れに合わせることなく、いつまでも威《い》張《ば》って生きている二人の威圧的《いあってき》な兄を前にすると、父はめっきり気弱で無口になり、みずからの存在を消すかのように小さくなって暮らしてきた。

「自分たちは選民だ、エリートだ、それは家系、血筋なのだ」という、他人を見下した窒息《ちっそく》しそうなイデオロギーが、親戚中に充満していた。この窮屈《きゅうくつ》な価値観の中になんとか納まらなければと、父は死に物狂いで勉強をしたけれど、兄二人には及ばず、落ちこぼれ、この家の子じゃないと罵《ののし》られたそうだ。

けれど本来の父の性格は芸術家肌だ。繊細《せんさい》な感受性を持ち情熱的で、自分を一番見て欲しい、多くの人から賞賛《しょうさん》が欲しい人だ。そしてクリエイティブに何かを生み出す才能もある人だと、私は思う。けれど、二人の兄たちからのプレッシャーで、最も性に合わないであろう、国家公務員という大きな組織の一員になってしまった。

私が子どものころの父は、一目見てあきらかに〝官僚〟だとわかる、鎧《よろい》のように堅苦しいスーツに眼鏡と七三分けで武装し、口角の下がった独特の厳しく険しい表情をしていた。微笑《ほほえ》むことなど、ほとんどなかった。きっと、自分の劣等感を周囲に気づかれまいと、必死に虚勢《きょせい》を張りながら不安とともに孤独に生きていたことだろう。いつも相対的な上下の概念のただなかにいて、相手によって傲慢《ごうまん》になるか卑屈《ひくつ》になるかのどちらかの態度をとり、見ていて痛々しさを感じるほどだった。

出世にともなって父の横柄《おうへい》さは増してくる。その態度は同時に家庭でも暴力としてあらわれ始めた。反比例するように、繊細な芸術家は小さくなっていく。暴力をふるわないときの父の中には、子どもと自然と絵を愛する純粋な人物が時々垣間《かいま》見られた。この人のことは割と好きだった。また、私は兄弟の中で一番、父と似ている。父も私も外界からの刺激に対して過度に敏感であり、周りから理解されにくい苦しみを抱えながら生きている。きっとそれゆえに、無意識に父の苦悩に共感し同情してしまうのだと思う。でもなぐる父は大嫌いだ。あの頃の父の暴力を赦《ゆる》すことなど一生ない。

共感力のない聖母

母は私の一番苦手な生き方を得意とする人。受動的だ。価値観はいつも自分の外にある。だから責任を取るという意志や覚悟はないし、経験もないと思う。母は代々続く敬虔《けいけん》なクリスチャンホームの中で育った。けれど突如《とつじょ》として「お母さんは死後の世界は信じてない」などと耳を疑う発言をしたりする。多分あまり深く考えずに、周囲の雰囲気と流れにのまれて洗礼を受けてしまった、クリスチャンホームの犠牲者なのかもしれない。そんなうっかり発言をしてしまう母も、キリスト教徒としての「あるべき姿」は先祖代々引き継いでいるようで、忠誠心が強く従順で、隣人愛や献身、自己犠牲の精神を持つ、世間的には親切で優しい人なのだと思う。
けれど、私には見えてしまうのだ。忠誠心の中の恐怖心、従順さの中に潜《ひそ》む相手への支配欲求、献身の中の依存や責任転嫁、見なくて良いものが見え、必要以上に強く感じ取って混乱してしまうのだ。優しいけどずるい人、ずるいけど優しい人、それが母に対する印象だ。そして、その〝優しさ〟は本能的なものではなく、聖書に書いてある〝優しさ〟であって、目の前にいる人ではなく神様にほめられるための〝優しさ〟、自分が天国に入る免罪符《めんざいふ》を得るための〝優しさ〟だった。
このことが、私の育った家庭で一番の致命傷《ちめいしょう》だったと思う。母には他人に対する「関心」と「共感」が欠落しているのだ。「共感」、それは人が人間たる所以《ゆえん》であるのに。きっとだれかに「共感する」だけではなくて、「共感される」こともなかったのだろう。だからなのか、気持ちで動くことはなく、常に頭脳パズルのような思考回路なのだ。

「試練は耐《た》えられる者に与えて下さる」

私が睡眠薬を大量に飲み、昏睡《こんすい》状態から意識が戻った時に、母が私に語った聖書の言葉だ。こんな事態になっても母の口から自分の感情は出て来ない。もしかして母は、自身が気づかないくらいの心の奥底で、家族が病気になって苦しむことを、自分が天国に入る切符を手にするための手段だと思ってはいないだろうか。神から献身的な女性だと評価されることを望んでいるのではないだろうかと、悲観的に疑ってしまうのだ。
″しもべ″として、神や教会が善とする生き方をしてきた母は、自分が人生の主人公になることなど、これっぽっちも望んでいないようだし、父のような支配的な男性といると責任を取らずにすんで楽なのだろう。父の暴力を止めることなどなかったし、父に命令されて、私をなぐるためのバットを持ってきたこともあったほどだ。

　母は過疎《かそ》地の出身で、「地元では成績はトップでピアノが上手な自慢の子どもだった」と、祖父からよく聞かされた。祖父は母が優秀な大学に進学したこと、そしてエリートと結婚できたことなどを、酒を飲みながら誇《ほこ》らしげに語る。そんなことはうわべだけのことなのに。それに父は本当はエリートなんかではないのに。

　いつもそんな調子で、祖父は世間体《せけんてい》で人を評価する。でもこれは祖父に限ったことではなくて、私が子ども時代に周りにいた多くの大人がそうだった。祖父は娘がエリート一家に嫁《とつ》いだことで、まるで自分もエリートになったかのような錯覚を感じていたのか、お酒に酔《よ》っては私に難しい話を無理やり聞かせた。そして「どうだ、お前にはわからんだろう」とえらそうに言いながら、自力で歩けなくなるほどに酔いつぶれて、そのまま倒れて眠っていた。祖父は自分より三十も年下の婿《むこ》である父に対して、最期まで不自然な謙譲《けんじょう》語《ご》を使い、さらに父の兄二人に対しては、「先生」と呼んで深々と頭を下げていた。人間の内面でなく、社会の階層や権力秩序でしか家族や親戚を判断できない祖父を見て、とてもあわれに感じていた。

たとえ父方の伯父《おじ》たちが世間から「先生」と呼ばれるような人であっても、私は祖父のように無条件に頭を下げたりはできなかった。私にとってはあくまでも親戚のおじさんの一人でしかないのだ。伯父が学術会議で、うちの近辺に来るときには、いつも我が家に泊《と》まることになっていた。世間的には、エリートであったとしても、家ではマナーの悪いめんどうな客だった。私がテレビを見ていると、まるで当然の権利であるかのように、「教育テレビに変えてください」などと平然と言ってのける。教育テレビなんて一番おもしろくないチャンネルだ。私はしぶしぶチャンネルを変えて居間を後にし、隣の部屋にある祖母の遺影《いえい》に向かって、「おばあちゃんのしつけがなってないで」とグチっていた。

そんな気取った伯父も酒に酔うと口がなめらかになり、自分の研究の話を一方的に聞かせてくる。

「1＋2＋3＋4＝10です。美しいと思いませんか？」

「はい、そうですね」

たとえトンチンカンな質問であっても熱心に問われれば、そう答えざるを得ない。

「本当にわかっていますか？　バイオリンの四本の弦《げん》は、まさにその比率なんですよ」

うっかりすると話がはずみそうになってしまう。これ以上調子に乗らせてはいけないと思い、反論する。

「私はただ知ってる人より、弾《ひ》ける人の方がかっこいいと思います。バイオリンは楽器やから」

「ほほう、これはこれは恐縮です」

伯父はそう言うと、恐れも縮《ちぢ》みもせず鼻で笑った。

祖父と伯父。二人の酔っ払い。いったい何が違うのだろう。「お国のためだ」と言われて出征し、殺し殺され多くの友を喪《うしな》い、かなしみと罪悪感に暮れる人と、「自分は優秀な頭脳を持つ選ばれた人間だ」と言って安全な場所にいた人。汗水流して労働した人と動くことなく思索する人。そして、頭を下げる人と下げない人。前者のほうが立派だと思うのは私だけなんだろうか。大人同士の会話に不条理《ふじょうり》さを感じながらも、勉強して優秀だと言われる大学に行けば、認めてもらえるのだという、安易《あんい》な生き方に気持ちは傾《かたむ》いていた。でも、ただそれだけの動機で勉強がはかどるような、割り切りの良さは私には無かった。その先に精神的な満足などないことを周りの大人たちのふるまいから学んでいたからだ。

初めて精神科に入院した時、伯父から私宛にお見舞いの手紙が届いた。――小生にとって、大人になるということは誤魔化《ごまか》すことでありました。それをしようとしない貴女《あなた》は、必ず成功する人だと信じています。——そう綴《つづ》られた文章を読んだ時、なんともいたたまれなく感じ、心の目で見ていなかったのは、誰よりも、この私だったのだと思い知らされた。

宗教に親を盗《ぬす》まれる

家庭崩壊という言葉があるけれど、私の育った家庭は崩壊するも何も、初めから築《きず》かれていない家庭だった。日常的にお皿は割れ、包丁が出てくる。「死ぬ」とか「殺す」とか、そんなセリフが家族同士の会話なのだ。そんなとき、母は言う。「こんなふうになったのは、お母さんの信仰が足りなかったからや」。けれど、信仰は量ではかれるものではない。あるかないかのどちらかだ。何かに失望したときには、こう言う。「お母さんの祈りが足りなかったせいだ」。でも本当の祈りは念力《ねんりき》ではないから、願望のように簡単に空《むな》しく失われたりはしないはずだ。「神様が何とかして下さる」。その考え方は、信仰でも祈りでもなく、ただ自らの母親としての責任を放棄しているように見えるのだ。たとえ家族のだれかが悩んでいても、暴力で体を痛めていても、母にはそれを直視する勇気などない。まるでひとごとのように天を仰《あお》いでいる。

「お母さん、こっちを向いて。神様ではなく、私を見て。早く助けて欲しい」

いつもそう思っていた。母と一緒にいるといつもさみしい。話をしても気持ちが通じない。誰としゃべっているのかわからない。父になぐられ泣いている私に向かって、「なんで泣いてるの?」と無垢《むく》な表情で聞いてきた時、母の心は何者かに奪《うば》われてしまっていて、皮膚《ひふ》でおおわれた中身が空洞のロボットと話をしているようなかなしみに襲われた。

足りないのはきっと、信仰でも祈りでもなく、自分の問題として主体的に解決しようとする人間力なのだ。自分が犯した過《あやま》ちを、キリストと呼ばれる他の誰かに十字架として背負わせ、自分の罪のために身代わりに「死んでくださった」という大人たちの言葉が私はとても怖かった。美化された〝死〟に私は怒りを感じた。〝死〟に相当するような深刻さが感じられなかったからだ。キリストが生きつづけられる方法はなかったのだろうか。地上のことは地上で、今のことは今、解決しなければいけないのだ。そして私は地上で死んでしまいたい。早く死にたいくらいなのに、永遠の命なんて欲しいわけがない。もし天国に入れたとしても、なぐる父と無力な母がいるなら、そこは天国ではないのだ。だからクリスチャンホームに生まれたけれど「洗礼は受けない」と私は強く心に決めていた。

けれど、その教会ではクリスチャンホームの子どもたちはみんな、小学校六年生のクリスマスに洗礼を受けるという習慣ができていて、みんなあまり深く考えずに、慣《なら》わしとして軽い気持ちで受洗しているようだった。みんな幼い頃から「あなたは罪人です」と教えられてきた、罪のない清らかな子どもたちだ。自らを罪人だと感じることも、洗礼を受ける時期も、人から決められることではないのに。

そしてついに、私も小学校六年生になり、洗礼を受ける順番がめぐって来た。


「私は洗礼を受けません」


そう言った時の牧師の凍《こお》りつくような表情、教会学校の生徒たちのとまどった顔に、私のほうこそ驚いた。そんなに不思議なことなのだろうか。心に名前がつくということ、それは私にとって、結婚に値《あたい》するくらい、とても重要なことだ。私のことなんだから私が決めて当然だと思っていたけれど、どうもそうではなかったようだ。

私は何度も強引な説得を受けた。牧師が家まで押しかけて来て洗礼をすすめた。あの牧師は宗教家ではなく実業家なのだ。あまりのしつこさに余計に教会が嫌いになって、日曜日の朝はずっと布団《ふとん》から出なかった。そのうち家族は私を残して教会へ行く。楽しいはずの日曜日はいつも一人ぼっちだ。家族みんなで過ごす休日など、我が家にはなかった。親を宗教に盗《と》られた子どもはさみしすぎる。けれど、自分の外側に価値観を置かなければならなくなること、それは自分らしく生きられないということだ。それに、神様や教会が善だとする生き方は、本当の善ではないように感じていた。しかし、自分の考えを持って意見する、そんな人間は、心の貧《まず》しい排他的《はいたてき》なクリスチャンホームでは、ワガママな〝サタン〟と呼ばれるのだ。

教会の牧師に、私は何度も両親の仲が悪いことを相談した。

「うちの子羊は迷っています。牧師は羊飼いなんだから、迷っている羊をみちびくのが役目ではないんですか。おまけに、うちは両親とも仕事をしているのに、私たちの学費がたりなくて、子どもが勉強の時間を削ってアルバイトをしています。おかしいと思いませんか？　献金を減らしてもらえませんか？」

そう訴《うった》えると牧師は必ずこう言うのだった。

「羊は迷うものだ。だから神様がいらっしゃる」

信者のことを本気で心配などしていない、あきれた牧師に、どうして両親は忠誠心を尽《つ》くし、子どもたちに犠牲《ぎせい》を強《し》いてまで、多額の献金をしてしまうのだろうか。

大人はみんなバカ

小学校六年生の時の話だ。教室のすみにある学級担任の机《つくえ》の上に、手帳が開いたままの状態で置いてあった。たまたま机のそばを通った時に目に飛び込んできた文章におどろいた。そこにあったのは私に関する短いメモ書きだった。

「父親が厳格で暴力を受けている。他の児童への悪影響に注意……」

ああ、そうなんだ。先生は知っているのか。「助けて」と言ったところで助けてもらえないのか。大人というのはいつもそうだ。悪影響を恐れる前に、連鎖《れんさ》を恐れる前に、目の前の一人を助ける術《すべ》を持たない、頼りなく情けない人たち。それなら、私はもっともっと、強くならなければいけない。助けてもらえないのなら、なぐられていることを他人に悟《さと》られてはいけない。助けを求めても無視される、それほど惨《みじ》めなことがあるだろうか。虐待《ぎゃくたい》される子どもにとって、それは生きながらの〝死〟を意味するのだから。

まわりに良いお手本の大人がいないと感じていた私には「大人はバカだ」「大人になんてなりたくない」という気持ちが強かった。一生懸命勉強して優秀だと言われる大学を卒業して、立派だと言われる職業について、家族にも恵まれている……、それでも幸せそうでない人たちにかこまれているのだから。幸せってなんだろう、成功するってどういうことだろう、それはきっと、主観的に感じるもので、相対的な満足や他者からの評価では得られないのだ。それなら本当の幸せとはなんだろう。お手本になる大人に出会いたいと思う反面、「大人はみんなバカだ」と決めつけ、あきらめることで自分をなぐさめていた。「大人がみんなバカだ」ということは、イコール将来の希望はないということ、とても厭世的《えんせいてき》だった。

でも、本当は人が好きだった。初めて会った知らない人とも話ができる。友達もたくさんいたし、中学校の先生は好きだった。校長先生のこともニックネームで呼んだり、上下関係なく妙《みょう》に大人にもうちとける、非常識だけど人なつっこい子どもだった。先生たちも私のことを「明るくて楽しい生徒」だと言ってかわいがってくれた。

先生たちとの会話を楽しみながら、私はいつも必死で相手を観察していた。どこかに、私の心の影の部分に気がついて助けてくれる先生はいないだろうか。けれど、そんな勇気がありそうな先生は、誰もいなかった。軽い会話しかできない先生たちが、本当の私を知ったら、今のようなさわやかな関係は、たやすく終わってしまうだろう。社交的で明るくて会話が大好きなのに、いつも肝心《かんじん》なことが言えなかった。

私の心の中には他人は絶対に入ってはいけないエリアがあって、そこにいつ何時《なんどき》侵入されるかもしれないという怖さをいつも抱えていた。それは学校では明るく強い私が、家では親からひどい暴力を受けているということ、そしてそれに悩み、毎晩涙でまくらを濡《ぬ》らしているということだ。私のことを明るく、強く、頼もしいと慕《した》ってくれる同級生たちはきっと、弱い私を知ったら幻滅《げんめつ》するだろう、「なんだ、学校での姿と全然違うじゃないか」と先生たちにバカにされたりしないだろうか。

いろんな否定的な考えがふつふつと涌《わ》いてきて、結局、自分の深刻な悩みを誰にも相談することはできなかった。それは小さな世界が崩壊するかのように、何よりも勇気のいることだったのだ。

体罰という名の虐待

勉強は好きだった。でも教科書のページにそって学習を進められないのだ。好奇心が違う方向へ行ってしまう。「もっと知りたい！」という純粋な好奇心だけで脱線して探求してしまう。点数をとるにはとても効率の悪い学習方法だ。そして、好きな教科と苦手な教科の差がとてもひどかった。特に美術が大好きで、休み時間もいらないくらい没頭《ぼっとう》して制作した。美術という教科は、担当教員の主観によって評価が変わる。だから通知表はいつも2か5だった。高得点をねらわなくてすむ自由と安心感、それが私にとっての芸術の魅力だった。けれど数学の授業なんて、まるで先生の口から宇宙人の言葉が聞こえるようだった。数学というより算数の時点でつまずいていたと思う。数学の先生にもお墨《すみ》つきの出来の悪さだった。

「あなたみたいな生徒は一年に一人はいるから気にしなくていい。寝ててもいいよ」

私は、数学の授業がある日は、教科書の代わりに小さいまくらを持って行き、四十五分間、熟《じゅく》睡《すい》していた。

「最初の三問を正解できれば十五点とれるよ。十五点とれたら赤点にはしないから」

そう言って、テストの時も先生は配慮してくれた。「証明しなさい」という質問の意味すらわからない問題に対して「私もそう思います」とまぬけな回答をした時も三角をくれた。劣等生にも理解のある寛大な先生だ。

けれど、そんな答案用紙を見て、学歴主義の父が許すわけがないのだ。

「あーまたなぐられる、イヤやな、でも逃げられないし……」

落ち込む私への気づかいなど微塵《みじん》もなく、強制的に答案用紙をかばんの中から取り上げられる。そして想像していたことが起きるのだ。まずはゲンコツで頭を一発。そして二発、三発……。これはしつけなんだろうか、体罰なんだろうか。父のなぐり方はちょっと変だった。なぐりだしたら止まらないのだ。父の怒りは火山が大噴火したような勢いで、

「こんなに出来の悪いやつはうちの家系にはいなかった、お前はうちの子じゃない」

大声で罵倒《ばとう》しながら、腕《うで》をあげるだけではなく、足でけったり、髪《かみ》を引っ張ったり、引きずり回されたりするのだ。テストの点が悪いだけで、こんなに痛めつけられなければならないのか、いや違う、これは不正行為だ、私はストレスのはけ口になっているのだ。これ以上やられてはダメだ、そう気がつくと、気が強い私は反撃し始める。腕力では勝てないから言葉で歯向かう。

「おまえなんて親じゃない、いま、おまえが私にしていること一生覚えとけ、おまえが年取ったら倍にして返したるしな」

足をつかまれて階段から落とされそうになった頃にようやく、青ざめた顔をした母がオロオロと止めに入る。でも母は私に「あやまりなさい、悪いのはあなただ」と諭《さと》すのだ。父は母にも暴言を吐《は》く。「母親の教育がなっていないのだ」と。そして最後にこのセリフが出てくる。

「だれに食べさせてもらってるんや。出て行け」

「そんなこと言うんやったら産むな！　ボケ！」

頑固な私があやまるわけがない。裸足《はだし》で玄関から締め出されても負けなかった。裸足のまま歩いて、すました顔で友達の家に遊びに行くのだ。友達のお母さんは「あれ？　クツは？」とおどろく。「忘れた」とサバサバと答え、ふだんと同じように友達と遊んでいた。友達が留守《るす》のときは、そのまま近所の交番まで歩いた。

「お父さんになぐられて追い出されて行くところがないんです」

「悪いことしたらあかんやろ。すぐ帰ってちゃんとあやまりなさい」

おまわりさんに相談しても説教されるだけ。ああ、大人はやっぱりあほや、と失望しながら、仕方なく家に帰ると、今度は「裸足でどこへ行ってた、恥《はじ》さらしなことはやめろ」とまたなぐられる。

早く家を出たい、恩着せがましいことを言われるのはもうイヤだ、そう思って、中学を卒業するとすぐにアルバイトを始めて、親からお金を受け取ることを拒否した。自分でかせいだお金で自分の欲しい服や本を買い、ピアノの月謝にもあてた。高校は地元の自由を校風とする、学費の安い公立高校に進んだ。制服も校則もなく、必要な単位を満たせば授業を欠席するのは本人の自由だという、まるで大学のような高校だった。お金をかせぎながら通う私には、最適な学校だったのだ。けれど父も母も不服そうだった。「そんな締《し》まりのない高校から進学できるのか、どうして進学コースを受験しなかったんだ」とぼやいていた。自分たちが子ども時代に親から言われたそのままの暴言を我が子に浴《あ》びせているのだ。かつて傷ついたであろう気持ちを忘れてしまったんだろうか。私のほうはといえば、親の思い通りには生きたくないという気持ちの中に、まだ心の底にしつこく残っているこだわりが確かにあった。親に認められたい。良い子だ、自慢《じまん》の子だと言われたい。そして何より、誰かの価値観に乗っかって生きてしまうことのお手軽さにも、誘惑されそうになっていた。

高校を卒業した後の自分を想像してみるけど何も浮かばない。親から評価されて、でも親にはできないこと……。いつのまにか、私の思考の中心には、いつも親がいた。反抗的だけど従順だったのだ。毎日、学校から帰るとすぐバイトに行き、ピアノのレッスンに行き、高校三年生になると受験用の予備校にも通い始めた。一日がたった二十四時間だなんてとても足りない、もうひとつ体が欲しいと思いながら、毎日いそがしく町中を自転車でかけめぐっていた。どこへ向かってよいかわからないまま、とにかく前へ前へと進まないといけないとあせり、どんどん気持ちは緊迫《きんぱく》していった。

第2章 うつ病になる

空が泣いている

そんな日が二年続いた高校三年生の春だった。ついに私の心に異変が起きたのだ。いつも気がふさいで胸が苦しくて、何となく憂鬱《ゆううつ》でかなしいのだ。意味も無くため息ばかりついてしまう。学校の休み時間に友達にそのことを話してみると、そっけなく返される。

「春やからとちゃうか。春は物憂《ものう》いとか言うらしいで。知らんけど」

そうだ、季節のせいにしてしまおうと自分の不調をなるべく気にしないようにして、毎日学校へは通おうとした。なんとか、頑張って……でも学校に着くのはいつも三時間目くらい。朝起きられないわけじゃなく、むしろ健康な老人のように、早朝四時頃に突然まぶたがバチっと開くのだ。目が覚めているのに、体が重くて布団《ふとん》から出られない。急いで学校に行く準備をしないといけない、でもあせればあせるほど気持ちに体がついていかないのだ。やっとのことで学校にたどり着き、教室に入ってきた私を見て友達が言う。

「サボり癖《ぐせ》がついてるんや。なんとかしなあかんで」

もともと自分の好きではない教科は積極的にサボっていた私には、今の状態とサボることとの違いは明らかにわかった。決定的に違うのは、自分の意志でコントロールできないことだ。「なんとか」なんてできないのだ。まるで私の中のネジが一本はずれてしまったような、何かの機能が故障してしまったかのような異質さを感じながら、かろうじてつかれきった体だけを教室に置いていた。

そんな日々が続いたある雨の日、教室の窓から暗い色をした梅雨空を見上げて、友達がキョトンとすることを言ってしまった。

「空が泣いてる。私のせいや。私がかなしいからや」

おまけにシクシク泣きだしてしまった。友達はしばらくシーンとしていたけれど、口々に「私がもとの私ではなくなっている」と警告し始めた。

「なんでそんな暗い人になったんや、もともとちょっと変わってると思ってたけど、今はめちゃめちゃ変や、明るくて楽しいルカちゃんはどこ行ったんや、探しに行け、もういっ

「そのこと詩人になれ」

その後も私の不調は内側だけにはとどまらず、じわじわと外側にももれ出してきた。もう以前のように笑えないのだ。体もどんどんやせてきた。担任の先生も心配して、「進路に悩んでるのか、失恋でもしたのか」と聞いてきた。でも憂鬱《ゆううつ》の原因は何も見つからないのだ。相変わらず早朝に目がさめる日はずっと続いていて、まるで目覚まし時計のように毎朝四時にまぶたがカッと開く、そして同時にシクシク泣き始める。何もかなしい出来事なんてないのに涙が止まらない。

あー私、絶対おかしい。病気だ。これは頭の病気にかかってしまったんだ。この異変は病気以外の何で説明がつくだろうか、そうだ病気に違いない、もう確信に変わった。でも何ていう病気だろう。それがわからないと病院にも行けない。そこで、家にあった『家庭の医学』という本を本棚から出してきて、「頭部の病気」という目次からページをたどっていく。いくつかの種類の病名があった。最初に載《の》ってる病気は違う、二つ目も違う、三つ目の「うつ病」という名前の病気の説明を読んだ時、「これだ!」と思った。書いてある症状がすべて当てはまったのだ。それが精神科の病気だというショックなんて皆無だった。やっとつらさの理由がわかった、病院に行ける、治療ができる、という希望を感じた。あとはもう簡単だ、早く病院に行こうと思った。母に本を見せて、たずねてみた。

「私、この病気やねん、だから病院行きたい、どこにあるのかな？」

すると母は大笑いした。

「あんたみたいな明るい人がうつ病なわけないやろ」

「お母さん、うつ病の人に会ったことあんの？」

「ないけど、もっとしんどいはずや。それよりな、精神科なんて、普通に暮らしてる人が行くとこちゃうんやで」

母がのん気者で無責任であることは百も承知だ。ふだんはのん気でも良いけれど、家族の大事な場面、特にピンチの際には、頼りにならない母の代わりに、私が神経を使ってきたのだ。だから、母の適当な発言を参考にしてはいけないことは、幼い頃にすでに学習ずみだった。

「自分で電話帳で調べて、一番近いとこに今から行ってくるわ」

私がそう言うと、さすがののん気者もあせったようで、

「あかん！　精神科なんて、そんな気楽に行くとこ違う！　そうや、保健所に行こう。精神なんちゃら相談とかいうの、毎週やってはるわ」

そして次の日の放課後に、最寄の保健所へ行ってみることにした。保健所に着くと小さい部屋に案内され、そこには保健所の職員らしき女性とメガネのおじさんの二人がいた。

「初めまして。精神科医の熊本です」

おじさんは物静かに自己紹介した。私の症状をいろいろと質問しながら、私が答える顔をじっと見ている。そして、ふんふんとうなずいたあと、何かを決意したように、はっきりとした声でこう告げた。

「治療を受けてみませんか？」

「はい、受けます」

「ふだん、僕はK大病院にいます。でもアルバイトで週に二日は診療所にも行っていますから、あなたの通いやすいほうに来て下さい。僕がいない日でも院長の石川先生が診《み》てくれます」

おじさんは私に診療所のチラシをくれた。とても短い時間で話は終わり、保健所を後にした。

家に帰り、診療所のチラシを見る。何の迷いもなかった。「今日行こう！　そしたら一日でも早く治るはず！」そう思ってその日の夜に診療所へ行くことにした。「さっき保健所で会った熊本という医者は、メガネをかけていてまじめそうで話しにくい、おまけにK大だなんて勉強しすぎて頭もかたいはずだ、思春期の女子の相手なんてきっとできないだろう、ああ、どうか今度の先生はメガネをかけていませんように！」そう祈りながら自転車のペダルを踏む。あっという間に着いた場所は、静かな川のほとりに建てられた、新しくて清潔な、スミレ色の落ち着いた内装の診療所だった。「精神科は怖いとこやなんて、やっぱりうちのお母さんは適当な人やな」そう思いながら、しばらく待合室で過ごした後、名前を呼ばれた私は診察室に入った。

「失礼します」

「ほーい」

気楽なくだけた返事にホッとして、診察室のイスにすわる。お医者さんはドアのほうを見てボーっとしている。「どうしたんやろ、なんで何もしゃべらはらへんのかな、私はこの人から見えないくらいに影がうすくなってるんやろか？　それともこれが精神科の診察？」するとふいに私のほうに顔を向け、今度は私の顔を不思議そうにじっと見つめたまままだまっている。もう一度ドアのほうを見た後、私に聞いた。

「ひょっとして、一人で来たんか？」

なんでそんなこと聞くんだろうと思いながら「はい」と答えると、「へへへ。おもろい子やなあ」と笑いながら診察を始めた。当時は精神科への偏見《へんけん》が今よりもさらに強く、高校生が一人で精神科に行ったりなどしなかったようだ。でも、私は怖いなんて少しも感じなかった。「助けて！」と叫んでも許されるかもしれない場所を、やっと見つけられたという、かすかな期待感があった。少し話をした後、「今度、お父ちゃんとお母ちゃん連れて来い」という言葉で最初の診察は終わった。言われたとおり、両親を連れて訪れた二回目の診察で、「うつ病です」と告知された。

「〝うつ〟とは何か。それは心のエネルギーが低下している状態。エネルギーを使わないようにボーッとしていたら自然に治る。でもつらいだろうから早く治したほうがいい。そのために薬を使う」

先生はそう言うと、薬の名前と副作用について、紙に詳しく書いて渡してくれた。丁寧《ていねい》に書かれたその紙からは「自分の飲む薬をきちんと覚えなさい」と言われているように感じた。それは、自分の体には責任があるということに気づいた、初めての経験だった。

「必ず治る。二学期からは学校に戻れるんとちゃうか」

先生は、そう元気づけてくれたが、私の正直な気持ちは、こうだった。

「イヤだ、この際もっと休ませて欲しい、〝うつ〟だけ治っても仕方がない、私の本当の苦しさは〝うつ〟の背後に隠《かく》れているんだから」

さて、自転車を漕《こ》ぎながらの軽い祈りでも神様は聞き入れてくれたのか、石川先生はメガネをかけていないし、白衣も着ていない。気さくで話しやすくて、とてもかっこいいのだ。患者さんを友達のように大事にしていて、人間同士として対等に接しているようだった。娘ほど年の離れた私のことも「ルカちゃん」と呼んでくれてうれしかった。

「学校はどうや。楽しいか」
「うん。まあまあ楽しい。でももう行きたくない」
「なんでや。なんで学校行きたくないんや」
「なんでかわからん」

石川先生はいつも親身になって寄りそうように、しっかり話を聞こうとしてくれた。私も信頼していたけれど、自分の秘密を話すのは怖かった。

「先生、私、幼稚園のころからずっと、毎日のようにお父さんになぐられてるんや。お母さんも、まわりの大人も、今まで誰も助けてくれなかった。もう生きていくのがイヤになってる。死んでしまいたい」

心の中では上手《うま》く言えるのに、言葉として声に出せないのだ。言葉にしようとすると、とても胸が苦しくなる。苦しくて声が出ない。いつもその繰り返しだった。石川先生は、家ではどんなお父さんなんだろう、そう思って質問してみる。

「先生は自分の子どもをたたいたり、なぐったりしたことある？」

石川先生は、どうしてそんなことを聞くの、と不思議そうな表情でだまって首を横にふった。そりゃそうだろう。こんなに優しい先生がなぐるわけないか、そう思いながら、やっぱり自分の境遇は普通ではないのだという、絶望に近い虚無感《きょむかん》がこみ上げてきた。

人は変われる

通院して二ヶ月ほど経った。その頃の私は、なんだかとても変だった。服装が急に派手《はで》になったり、家じゅう拭《ふ》きそうじをしてピカピカにみがいたり、家族全員の服にピシッとアイロンをあてたり、いつもイライラしてじっとできなかった。病気がひどくなったのか、薬が効いたのか、それとも副作用なのかわからないけれど、気持ちをふさいでいた重いふたが、パカンと勢いよくはずれたように感じた。すると、今までの人生の中で、心の奥深くに封印してきた毒のような感情が、一気にドロドロとあふれだしてくるようだった。感情のコントロールは難しくなってきた。いっそのこと、感情をコントロールすることを放棄したいと思った。

二学期に入っても学校へは行かず、これまで築《きず》いてきたものを、この際すべて破壊してしまいたいという衝動にかられた。私の忍耐や辛抱はすべてムダだった、感情のコントロールを放棄した私は、大声で叫んだ。

「おばあちゃんの介護も、弟の世話も、お母さんの相談役も、勉強もバイトも、私がしたくてしてたんじゃない！　子ども時代を返せ！」

そんな私を見て、石川先生が真剣な顔で言った。

「躁《そう》うつ病ってわかるか？　ルカちゃんは、躁うつ病かもしれん。でも、今まで診《み》てきた躁うつ病と何かが違う。一回ちゃんと調べたほうがいい」

そして石川先生は母のほうに体を向けて、静かにたずねた。

「お母さんは入院を考えられたことはありますか」

母にそんな難しい質問をしても答えられないよ、自分が責任をとらなくてすむ無難な回答を今

一生懸命考えているんだからと感じながらも、母を困らせないように、

「先生、私、入院したい」

私はそう言って泣いた。私が病気になって学校を休み始めてから、家族の不和《ふわ》に拍車をかけてしまったこと、ギリギリのところで保たれていた天秤《てんびん》がガシャンと大きな音とともに壊れたのは、私の忍耐のヒモが切れたからなのだと自分を責めていた。その頃には、姉も弟も私に触発《しょくはつ》されるように父に反撃し始めていた。毎日誰かが大声でどなり、悲鳴をあげるように泣く。コップやお皿を投げては割り、最後は包丁をにぎりしめる。とても休めるような場所ではなかった。

「K大以外は絶対入院させへん」

石川先生は強い決意を持って話をしてくれた。

「あなたは絶対治る。治ったあとは大学にも行けるし仕事もできる。あなたは何でもできる。あなたには将来があるんや。入院するのは病気の原因を調べるためだけや。できるだけ早く退院して戻って来い。先生が治しちゃる。あなたは社会に戻る人やから病院が居心《いご》地《ち》良くなったらあかん。これは先生との約束や。治ったあとに入院中のことを思い出して

つらくなるかもしれん。だからK大の開放病棟以外は絶対入院させへん」

石川先生は私の将来のことを真剣に考えて、まるで頼もしい父親のような態度で、私を送り出そうとしてくれた。でも弱りきっていた私には石川先生との約束事を守る自信はなかった。とにかく早く家から避難して、静かに休みたかった。

最後の診察の日、石川先生は自分が精神科医になった理由を話してくれた。

「何科の医師になろうか迷っていた時、精神科で鉄格子《てつごうし》に入っている人をみた。ショックやった。この人らをここから出したい、出さなあかんと思った」

なんて高邁《こうまい》な精神を持つ人なんだろうと、私は先生を尊敬した。

「私も石川先生みたいなかっこいい大人になりたい、なれるかな?」

「絶対なれる」

そう力強く断言した後、石川先生はステキな言葉をプレゼントしてくれた。

「ルカちゃん、ええか、人は変われるんや。変わってもええんやで」

でも幼い私には、まだその言葉の意味がわからなかった。

「家には帰りたくない。私の居場所はどこにもない。ここに、先生のところに、ずっといさせてほしい」
「ルカちゃん、ええか。先生は、あなたのことを娘みたいに思ってるんや。そやから、あなたが泣いたら先生もかなしい。あなたが笑ったら、先生はほっとする。安心してうれしくなるんや。あなたは自分の居場所をこれから自分でつくれるんや。いつでも顔、見せに来いよ」

〝喜ぶ者と共に喜び、泣く者と共に泣きなさい〟

これは、私が聖書の中で一番好きな言葉だ。〝共感すること〟やはりこれこそが、人が人間たる所以《ゆえん》であり、孤立や自殺から私たちを守ってくれる命綱だ。けれど、私が死んでも誰もかなしまないだろう、もし、かなしんだとしてもそのうち癒《い》えるだろう、私一人が死んだところで世の中の何が変わるのか……。

「そやけど紹介状、どの先生に書いたらええかな。誰が合うやろ」
石川先生はとても悩んでいるようだった。さんざん悩んだあげく、ええい、もうわからん、と言わんばかりに、「まあ、熊本先生でええやろ」とあっさりと決めてしまった。「えっ？　熊本って、最初に保健所で会ったまじめで頭のかたそうな先生？　えーイヤやな、困ったな、どうしよう……」でも、イヤですとも言い出せず、「熊本先生」とあて名が書かれた紹介状を受け取って、私はＫ大病院へ転院することが決まった。

第3章

一回目の精神科入院

「成長のお手伝いをします」

診察室のドアをバタンバタンと騒々《そうぞう》しく開閉し、サンダルのかかとをペタペタ鳴らしながら、ボサボサ頭で白衣を着た、お医者さんらしき男性が診察室の前に出てきて、私の名前を呼んだ。診察室の入口には「熊本」と書いてある。

「あれー？　あなた保健所で会った子？　えらい雰囲気変わってしもうて。いやー、あの時はひと目見て〝うつ〟の子が来たと思うたけど、あれまあ」

服装が派手《はで》になった私を見て、熊本先生はメガネ越しの目を丸くしていた。けれど、私のほうこそビックリ仰天《ぎょうてん》していたのだ。この人、保健所で会った時とキャラが全然違うやん！　病院ではくつろいだ様子で、イスにのけぞってすわったり、イスにすわったまま移動したり、どこの方言かわからない言葉で、やたらと明るく大きな声でしゃべりかけてくるのだ。二重人格だろうか、とブキミに感じながら聞いてみた。

「熊本先生も保健所で会った時と雰囲気違うけど、ネコかぶってたんですか?」

「そうじゃ。ネコかぶっとったんよ。バレてしもうたら仕方がない」

その後しばらくの間、熊本先生は一人で「ガハハハー」と大きな口を開けて笑っていた。

(あーあー、私、この人で大丈夫かなあ……)心配そうな私の表情に気づいたのか、突然、私の目の前に人さし指を立てて、わけのわからないことを言った。

「おぼれる者は熊をも摑《つか》む」

ますます心配になった。おまけに続けて「能ある熊はツメをかくす」と言うと、「どうだ!」と言わんばかりに鼻の穴を広げた。ああ、もう、めまいがしそうだ。なんだかもう、どうでもいいような気持ちになった。荒れ狂う波にもまれて、今にも遭難しかけていた私は、不覚にも目の前にある強烈な個性に、助けを求め腕を伸ばしてしまった。けれど、つかんだものは〝わら〟ではなかった。ぺこりと頭を軽く下げて「よろしくお願いします」と私が言うと、熊本先生は急に姿勢を正して、まじめなかしこまった顔になり、ゆっくりと落ち着いた声で、こう告げた。

「あなたは病気ではないから、僕は治療はしません。あなたの成長のお手伝いをします」

その言葉は私の心にドーンとひびいた。この先生はふざけているけど、本当は思慮深く賢《かしこ》い人だ。そして、もうすでに、私の心の中の何かを見抜いたのだ。

「でも〝成長のお手伝い〟って何をするんだろう?」

「病気ではないのに入院するってどういうことだろう?」

素朴な疑問はたくさんあったけど、〝良い大人に出会えた〟という確信が、私の中にはあった。そして何よりも、大キライな家からやっと出られる喜び、今日からはようやく、ゆっくり静かに眠れるんだという安堵感《あんどかん》が心に満ちていた。そして私は、精神科病棟に入院することになった。太陽の陽ざしがジリジリと照りつけ、植物の深い緑が美しい、あらゆる生命力がもっとも旺盛《おうせい》に活動する〝成長〟という言葉にふさわしい季節だった。

新しく主治医となった熊本先生は、不思議なくらい明るくほがらかで、とても大ざっぱで、悩みごとなんてなさそうに見えるほど、妙に精神的にタフである。この人のことはいっさい心配しなくて良さそうだ。身近な大人の心配をしなくてすむ、この当たり前のことがなんだかとてもありがたく思えた。いつも黄ばんだヨレヨレの白衣を着て、散髪していない髪を鳥の巣のようにふくらませて、大きな声の岡山弁でしゃべる。あまり品が良いほうではない。でも、ときどき繊細《せんさい》なギターを弾いたりもする、人間味あふれる魅力的な人だ。ペタペタとガニ股《また》で急いで歩く音が私のベッドに近づいてくると、先生としゃべれる時間だと喜んだ。診察室に入るとまず、大股でイスにのけぞってすわり、時代劇の奉行《ぶぎょう》のようなセリフを言い放ちながら私をにらみつける。

「あのな、よう聞け。ここはお上の下の帝国大学附属病院じゃ。未成年者の喫煙は違法行為！　よって貴様《きさま》のタバコは主治医のワシが没収する！　……すまん。一本ちょうだい。いつか返すから」

熊本先生と私は、一箱のタバコを分け与える行為を通して少しずつ精神的に近くなっていく。私はタバコを一本、熊本先生に手渡す。熊本先生が口にくわえたタバコに私がライターで火をつけると、今度は熊本先生が私に同じことをしてくれる。それはまるで友情の証《あかし》のようだ。熊本先生は口に入れた煙《けむり》を肺まで吸い込むことなく、すぐにプワッと口から吐き出す。きっと本当は少し無理をして私と一緒にタバコを吸ってくれているのだ。熊本先生と私はいつも横に並んですわる。二人でひとつの灰皿に灰を落とすごとに、熊本先生と私の間に少しずつ何かが築《きず》かれていくようだ。高校生からせびったタバコを吸い、プカプカと白い煙を吐きながら、まるで霞《かすみ》を食う仙人のように語る。

「人生は修行じゃ。悩《なや》め悩め、悩んで成長せえ。あなたの〝うつ〟が治る方法教えてやろうか。ええか。新聞は読まずにスーパーの折り込みチラシだけ見るんじゃ。考えていいのは物価のことだけ。そしたらあなたの〝うつ〟は治る。そやけど『そんな人生、私はイヤです』って言うやろ。ほんなら悩め。悩んだ分成長する。ガハハ」

診察はいつもこんな調子だった。「物価のことしか考えたらあかんやなんて、それは心を鉄格子に入れるのと一緒や」と私が言うと、「ほう、ほんなら何か話してみい」と言って、幼い頭脳で一生懸命考えた宗教観、政治や哲学の話に、真剣に耳を傾けて聞いてくれた。そして、必ず最後に決まってこう断言するのだ。

「あなたは間違っとらん」
「あなたは正しい」
「あなたはホントは、明るくて素直な、ええ子なんよ」

親からずっと否定され続けてきた私にとって、どんなにありがたい言葉だったかわからない。それがたとえ、治療の技術としての言葉であったとしても、この慈愛に満ちた言葉がなければ、多感な時期を生き延びることはできなかっただろう。

約束を守るということ

入院初日に、私は熊本先生から書類を何枚か受け取っていた。そこには入院中の生活についての注意事項と約束事が書かれていて、最後にお互いの名前が書いてある。これは約束ごとのようだ。

約束……。つまりそれは相手に裏切られるもので、そもそも守らなくてもよいことなのだ。そんな私の軽い考えを鋭く見抜くかのように、熊本先生が私に言ったのだ。

「ええか。これは契約じゃ。治療というのは医者のワシと患者のあなたとの契約なんよ」

それは、初めて会った保健所で見たのと同じ顔だった。あの時、熊本先生は真剣な目で私を見つめてこうたずねた。

「治療を受けてみませんか？」

答えを求められた私はしばらく考えながら、答えを示されているようにも感じていた。熊本先生の目はとても強い。

「ドンと来い。来るなら引き受けるぞ。さぁ、どうする？」

無言でそう言っているのだ。私に治療を受ける気持ちがないのなら、今の状況は何も変わらないだろう。私はとにかく変わりたかった。

「治療を受けてみます」

私は自分の発したその一言に、とても力がこもっていることを感じた。私はつらさを克服すると決めて、目の前の一人の人間に宣言したのだ。熊本先生は、だまって力強くうなずいた。それは、とても大きな大きな一歩だった。

あれから二ヶ月して、ふたたび熊本先生と約束を交わしている。七月に治療を始めてから、九月に入院するまでの二ヶ月の間に、私の病状は悪化して自暴自棄になっていた。あの時の一歩は間違いだったのかもしれない。自分の人生がガラガラと音を立ててくずれるような毎日。効いているのかいないのか、よくわからない薬を飲んで、その量は増える一方だ。もしかしたらこのまま、健康な世界には二度と戻れないのかもしれない。私は人間でなくなっていくのかもしれない。人間でなくなるってどういうことだろう……。

「ワシとの面接は火曜日と金曜日の週二回じゃ。その時は部屋で待つこと。わかった？」

「うん。わかった」

私はカラ返事をして、面接の日をすっぽかした。決まりを守るなんてバカバカしい。約束は破るためにあるのだ。

「ちゃんと面接の日には部屋にいてくれ」

「うん。わかった」

私はまたすっぽかす。もはや面接の日がいつだったかさえ、おぼえていない。そんなことが何度も続いたある日のことだ。外出から帰ると、私の枕の上に小さなメモが置いてあった。熊本先生の字だ。


【急用のため、今日の面接はできません。ごめんなさい】


「あやまるなんて、わざわざご丁寧《ていねい》に律儀《りちぎ》だな。でもなんだか気味悪い。いつもの適当でいいかげんな熊本先生じゃないみたい……」私は自分の心に芽生《めば》えた違和感のもとを探ってみた。約束は破られるもの、守らなくていいもの、どうして私はそう思うようになったのだろう。いつからそう思うようになったのだろう……。

記憶は幼い頃にさかのぼる。子どもの頃、小さな約束を守ってくれる大人がどれだけいただろう。大人にとっては小さな約束事でも、子どもの小さな心にとっては、すべてを意味するほどの大きな意味を持つ約束事というものがある。たとえば教会ではこんなふうに。

「礼拝中だから静かにしなさい、静かにしていたらあとでお菓子をあげるからね、だから良い子にしていなさい」

子どもたちはその言葉を信じて静かにする。礼拝が終わってもお菓子はもらえない。そんな約束はおぼえていないと大人たちは言う。約束とは、子どもを思い通りに操《あやつ》るための口実なんだろうか。良い子にしていたら、大人しくしていたら、テストで百点をとったら……。

〝約束〟という言葉の価値が失われた理由が、あまりにもくだらなくて、自分でも情けなくなる。枕《まくら》の上の小さな手書きのメモが、そんな落胆をなぐさめてくれるようだ。

「やっと小さな約束が守られたね」と。

オッパイのないお母さん

ある日、ふだんは見舞いなど来ない父が、突然病院にやってきた。

「せっかく来たし、娘の顔でも見てから帰ろと思ってな」

「会いたくないって言うたやろ。ほんまは、何しに来たん？」

父が病院に来た理由は、娘の見舞いではなく、娘のいないところで主治医と二人で会い、こっそり病状を聞きだすことだった。けれど、熊本先生にはきびしい口調で断られたらしい。

「ご本人に承諾を得て来ましたか?」

「自分は親だ。未成年の子どもに権利はない」

「親であっても未成年でも、本人の承諾なしには、僕は何も話しません」

せっかく病院まで来たのに、目的を果たせなかった父は不服そうにみえた。一方で、自らの子どもに対する考え方は間違っているのかもしれないと少し案じているようにもみえた。

「あんたのこと聞くのには、あんたの許可がいるねんて。なんでかわからんわ」

そう言い残して帰っていく父の後ろ姿をよくおぼえている。それは私にとって〝もしかしたら、やっと私は守ってもらえるのかもしれない〟と感じた、生まれて初めての体験だった。

その数日後、家族との面接の日が来た。その頃の私と父は、もう普通に会話すらできなかった。長年の恨《うら》みがつのり、修復不可能な関係になっていたのだ。目も合わそうとしない私に向かって、父が脅《おど》しをかけてきた。

「おいこら! おまえの医療費、いくらかかってると思ってるんや!」

私が応戦しようとしたその時に、熊本先生がこれまで見たことのない怖い形相《ぎょうそう》で父を一喝《いっかつ》した。

「親が子どもに、金のことは二度と言うたらいかん。ええな」

たった一言で、父は塩をかけられたナメクジのように弱々しく小さくなった。父をしかり、たしなめること、私を助けて守ってくれること、それは私がずっとずっと母に求めてきたことだ。

この日を境に、私の心の中のお母さんは熊本先生になってしまった。どう見ても中年のおっちゃんなのに、自分でもおかしいと思いながら、熊本先生に気持ちを正直に打ち明けてみた。

「わたし、先生のこと、お母さんみたいに好きになってしまった」

「ワシがあんたのお母ちゃん？　えーワシ、オッパイないで。それでもかまわんのか？」

冗談を言って笑いながら、でも完全な拒絶ではなく、ほどよい距離からの、淡《あわ》い受容をされたように感じた。

「先生、先生、わたし、先生のこと大好き！」

「あなたみたいな、ムチャクチャな奴に好かれても困るわい」

「わたし、先生のこと大キライ！　あっち行って！」

「年頃のお嬢さんは、好きな男のことをわざとキライやと言うらしい。困ったもんじゃ」

「うわぁ何それ！　ほんならわたし、先生のこと大好きや！」

「ほほう。それは本心じゃやな。最初から素直にそう言わんかい。ガハハハハ！」

「……」

　それからの私は、熊本先生のことが大好きになったり突然大キライになったり、まさに幼子が母親に甘えるように、ストレートに感情を出してしまった。あたかも、過去に求めても得られなかった何かを、大急ぎで取り戻すかのように。それでも、熊本先生はまるで育児をするかのように、忍耐強く相手をしてくれた。決して私を見捨てることはなかった。わざとわがままを言って怒らすと、「熊本の顔も四度まで。仏《ほとけ》より一度多く許す」と寛容にしかって、私が逸脱しないように歯止めをかけてくれた。

「あなたの成長のお手伝いをします」という意味は、こういうことなのだろうか。いつも一緒にいたくて、乳児が母親を後追いするように、用がないときも金魚のフンのように後ろをついてまわった。ふと後ろを振り向くと、私の後にさらに五人ほど患者さんが続いていた。熊本先生は長くなった金魚のフンたちを引き連れて、せわしなく病院の中を歩いた。ときどき振り返っては、私たちを見て笑っていた。私たち患者も笑った。子どもの頃に遊んだ電車ごっこのようだ。みんな明るく正直な熊本先生のことが好きなのだ。オッパイなんかなくても全然かまわない。

毎日のように、熊本先生は私に、いろんなことを話してくれた。

「大学は合格したけど行っとらん。行かずに育児をしていた。今日も坊主にメシ作りに早く帰らんといかん。知っとるか？ 大学ちゅうとこはな、追々試は合格なんよ。安心せえ、国家試験は受かっとるから。あなたもな、社会の型にはまらん生き方がええよ。そのほうがあなたには合っとる。お父ちゃんの言うことは、もう聞かんでええ。箱入り娘ちゅう言葉があるやろ。あなたはな、箱からはみ出しとる。それでええんよ。自信持て」

いつも一緒にタバコを吸いながら、たくさんの冗談の中に、宝石のようにキラキラ輝く名言を残してくれた。

端《はし》っこにある精神病棟

私は開放病棟に入院していた。四人部屋だけど、プライバシーの仕切りとなるためのベッドを囲《かこ》うカーテンはない。三十年もの長い間入院しているという、とても精神病には見えない上品なマダムが、「この病院のことは知り尽くしているよ」と言わんばかりの得意顔で新入りの私に語り始めた。

「あのね、ここは精神科でしょ。病院にとって患者の自殺が一番イヤなのよ。カーテンレールがないのは首つり自殺を防ぐためなの。病室はすべて一階でしょう。これも飛び降り自殺を防ぐためなのよ。入院する時、持ち物チェックをされたでしょう」

「ツメ切りも安全カミソリも没収されて、ガラスの花びんも陶器の食器もあかんって言われた」

「そうでしょう。カミソリは看護師さんに監視されて使うのよ。だから、ここでは絶対に死ねない」

「絶対に死ねない」と断言するマダムの顔は、不満そうでありながら安心しているようにも見える。死にたいと感じながら生きているはずなのに、死ぬための手段を奪われることが、なぜ安心につながるのだろうか。それはきっと、自分たちが生きてしまっている理由を、病院のせいにできるからだ。生きていて申しわけないという気持ちを抱えながら、生きることを許された社会の端《はし》っこで、患者たちは生きている。

〝死〟という逃げ場が完全になくなることも、追いつめられた私にとっては怖いことだった。私は死ぬための道具をひとつ持っていた。陶器のマグカップだ。学校の友達が誕生日プレゼントにくれたもので、入院用の荷物を作るときに〝いつでも死ねる〟お守りとして、かばんに入れたものだった。看護師さんは陶器だと気がつかず、プラスチックのコップだと思い込んで持ち込みを許可してくれた。

窓の外の景色はとても安らぐ緑だ。窓際に立つ私に、さっきのマダムがまた声をかけてきた。

「精神病棟だけが、この大きな大学病院の中の端《はし》っこの隔離された場所にあるのよ。排除だとか差別だという先生もいるけれど、私は安心する。ここにいれば、ひどいことを言われて傷つかなくてもすむから」

広大な大学病院の敷地の隅《すみ》っこに私たちの病棟はあった。病院の院内地図を見ても不自然だった。それはあたかも、「お前たちは社会のマイノリティだ」といわんばかりだ。世の中に中心があるのだとしたら、ここは物理的にも精神的にも端っこなのだ。現実から逃避したい私には理想的な環境だった。十八歳の私は、若くしてすでに厭世的《えんせいてき》に世を儚《はかな》み、世捨て人になる覚悟でここへ来たのだから。もしかしたらここは、かの有名なあこがれの地、桃源郷《とうげんきょう》、ユートピアかもしれない。今、話をしているマダムは、このせまいユートピアに三十年もいるのだ。本当にもう外に出たくないのだろうか。「死ぬまでずっと、ここにいたい」、本気でそう思っているのだろうか。本当は、この人にも帰りたい場所があるのではないだろうか。

「それよりあなた、閉鎖じゃなくてよかったわね」

「閉鎖って何?」

「閉鎖病棟よ。看護師さんの詰所の奥にある、カギのかかった部屋のこと」

「外からカギがかけられてしまうの? 閉じ込められるの? そんな場所があるの? イヤ! 怖い!」

「だってここは精神科だもの。この病院はマシなほうよ。私が若い頃に入院したところなんて両手両足をベッドの柵《さく》に縛《しば》ったのよ。看護師さんになぐられたことも何度もある。ああ、思い出しても涙が出そう」


昔のことを思い出したせいで急に具合が悪くなったと言って、マダムは涙目でふらふらと詰所に頓服薬《とんぷくやく》の精神安定剤をもらいに行った。思い出すだけで急に具合が悪くなるなんて、マダムが受けた行為は医療と呼べるものなのだろうか。

病棟での日々

病室は十部屋あるから患者は全部で四十人くらい。朝は八時半までに食事をしないといけない。各自〝マイはし〟を持ってデイルームへ行き、六人がけのテーブルでおしゃべりしながら食べる。朝のおしゃべりは和気藹々《わきあいあい》ではなく、とても暗い。

「昨日も明け方まで寝られへんかったわぁ。あぁ早く死にたいなぁ、それぱっかり考えてた。あかんなぁ」

「私も死にたい。でも、死にたいのに食べるなんて矛盾《むじゅん》してるなぁ。私、ほんまは生きたいんやろか」


食後は詰所の前に並んで、看護師さんから一人ひとり手渡された薬を飲む。ちゃんと飲んだかどうか、チェックの視線を浴びながら。その後、リビングのソファーにすわり、患者たちは一緒にタバコを吸う。午前中は重くてだるい体と心が、太陽と気温の上昇とともに、徐々に晴れ間がさしてスッキリしてくる。十一時半に昼食をすませると、ルームメイトと一緒に近所のスーパーまで買い物に出かける。ひどい〝うつ〟のためにベッドに沈没しているルームメイトのタバコも買って帰る。

私たちはいつのまにか、お互いのタバコの銘柄《めいがら》や一日に何箱必要かだなんて、わざわざ聞かなくても知っているほど身近な存在になっていった。十七時半にはまた、デイルームで一緒に夕食を食べる。朝食の時の暗さはずいぶんやわらいでいて患者たちの笑い声が聞こえる。夕食をすませると、銭湯のように広いお風呂に一緒に入る。ここは女子病棟だから、裸のつき合いだけではすまされない。裸よりもはずかしい、ノーメイクのおつき合いもしなくてはならないのだ。裸で素顔。それなのに心だけ何かをまとうのはなんとも難しい。私たちは少しずつ心も裸にしてゆく。浴槽のお湯にあたためられ、お互いの心が溶けあうような気がする。私たちは、医師や看護師にも話せないような危険な打ち明け話も、なぜか簡単に話せてしまう。

女子病棟の消灯時間の夜九時を過ぎると、病棟内で唯一灯りが燈《とも》されている洗面所に、不眠症の少女たちがタバコと灰皿を持って集合する。せまい洗面所の片すみにはトイレットペーパーの入った大きなダンボール箱が積んである。ダンボールのテーブルをかこみながらの夜のおしゃべりは、病院の外で暮らす普通の女の子と特に変わりはなかった。芸能人のことやファッションのことを何気なく語るだけだ。普通の女の子と違ったところ、それは恋や異性の話が極端に少なかったことだろう。たまに話題に登場する男たちはそろって皆、暴力をふるう野蛮《やばん》な男か、もしくは優しすぎる不幸な男だった。

「私、お兄ちゃんにレイプされてから拒食になった。でもお医者さんにも看護師さんにも怖くて言えない」

「私のお父さん聴覚障害者やねん。聴こえないと思って、お父さんの目の前でお母さんは不倫相手と電話する」

「小学生の時、お母さんが新興宗教にはまって幹部の男と駆け落ちしてしまった。私は棄《す》てられたんや」

「結婚願望ないって言うたら、彼氏がキレて怒った。オレは何やねん、遊びか、やって。

めんどくさいし別れた」

「私が手首切ったら、オレのせいや言うてカンちがいして泣くねん。全然関係ないのに。加害者になりたがる男はあかん」

自分たちはどこか普通じゃなくなってしまっている、なんだかとても冷めている。そのことに充分気づいていたけれど、どうすることもできないまま、ため息をついてタバコを吸うのだった。

さすがワシの患者！

入院中は意外とスケジュールがあって、熊本先生と週二回、研修医とは毎日面接をした。不調の原因がわからない私はいろいろな検査を受けた。脳波、さまざまな心理テスト、基礎体温の測定と女性ホルモンの検査……。人の心に名前をつけるのだから、注意深く慎重に行われるのは当然のことだ。

精神科での診断は、ほかの科のそれと同じではない。精神科の患者たちは、病気そのものの苦しさに加えて、〝偏見〟という二重の苦しみを抱えて生きている。一度はられてしまったレッテルは簡単にははがせない。心に名前がつくということはそういうことだ。医者にとっては記号でも、精神科の患者にとってはそうではない。

退屈《たいくつ》だけどいそがしい入院生活の中で、楽しみにしている時間があった。毎週水曜日の午後の作業療法の時間にピアノを弾くことだ。作業療法の部屋は「旧病舎」と書かれたコテージのような建物の中にある。一階建ての建物の真ん中に長い廊下《ろうか》があって、両側に個室が奥まで続いている。個室のドアには丸いのぞき窓がついていて、それはいかにも「精神病の患者を監視」する怖い窓だ。廊下の突き当たりの大広間にはアップライトのピアノが置いてあった。

「ここが病棟だった時代は和室だったのよ。たくさんの患者たちがギュウギュウづめでゴロ寝させられてた。朝起きると患者たちは廊下の拭《ふ》きそうじもさせられた。病気で入院しているのに看護師さんたちは、とても怖くてイヤだった」

三十年前から入院しているおばあちゃんが、しかめ面で教えてくれた。

作業療法の部屋には、ピアノのほかに、陶芸や皮細工、編み物など、いろいろな物が用意されていて、患者は自由に製作できた。私は皮細工を楽しんで、完成した作品を病棟に持って帰った。看護師さんたちがそれを見て言ったことに私は驚いた。

「ルカちゃん、上手やなぁ。今度看護師さんにも何か作ってきて。ルカちゃんからプレゼントもらいたいわぁ」

私は心の中で答えた。

「プレゼント……受けとってくれるの……？」

子どもの頃、私は母親にたくさんのプレゼントをした。砂場で作った泥《どろ》だんご。公園で見つけたキレイな形の葉っぱ。子どもの目には宝石に見えた石。折り紙で作った人形。ビーズで作った指輪やネックレス。そして、大好きなお母さんの似顔絵……。母の喜ぶ顔がみたくて実物より少し美人に描いた似顔絵だ。

私はただ、受け取ってほしいだけだった。大好きな人に何かを捧《ささ》げることが子どもの喜びで、大好きな人の笑顔が見たい。ただそれだけだ。けれど、いつも母は大人という立場を守るようかのように批評をする。

「これは何？」

「何のために作ったの？」

「何を意味しているの？」

「どれくらいの価値があるの？」

「宝石？　これは○○という岩石だから宝石ではないよ」

「ここをもっとこうすればもっと良くなる」

「もっと練習して上手になりなさい」

そのうち私は、大好きな人に自分の素直な気持ちを表現することをやめてしまった。

次の週の作業療法で、私は絵を描いた。先週と同じように、完成した作品を病棟に持って帰ると、熊本先生がいた。

「熊本先生、私の絵見てくれる？」

母と同じような反応が返ってこないだろうかとドキドキしながら絵を差し出す。

「なんや！　ぼっけぇうめえやないか！」

「熊本先生、ぼっけぇって何？　どこの言葉？」

「おきゃーま弁で、ベリィっちゃ」

「岡山弁でとても上手ってこと？」

「おう、そうじゃ。ぼっけぇうめえ。さすがワシの患者。やっぱりワシって天才」

そしてそのあと、熊本先生も看護師さんと同じことを言った。

「おい、いつもお世話になっとる主治医にプレゼントしたいとは思わんのか？」

「先生、この絵、欲しいの？」

先生はうんとうなずいて、私が描いた絵を笑顔で受けとってくれた。私はかなしいようなうれしいような気持ちになった。あーあ、こんなお母さんが欲しかったなぁ……。

また次の週、私は作業療法の部屋に行き、絵を描いた。試してみたいことがあったのだ。私はわざとヘタクソな絵を描いてみた。そして病棟に戻り、先週と同じように熊本先生に見せてみた。

「なんや！　ぼっけぇうめえやないか！」

「うそやん。この絵はアカンやろ。めっちゃ適当に描いたんやで」

「そうか。ワシはええと思うよ。あなた才能あるわ。さすがワシの患者。やっぱりワシって天才。これワシにくれ」

つまり何でもオッケーなのだ。ほめ言葉はいつも〝さすがワシの患者〟。その言葉に、私自身がまるごと肯定されたように感じた。

それから何回も何回も、いろんな作品を先生にプレゼントした。私はただ、笑顔で受け取ってもらえるだけでうれしかった。

「ありがとう」と言われると、もっとうれしい。

「さすがワシの患者」と言われると、もっともっとうれしかった。

過去に失ったはずの無邪気で素直な気持ちが、少しずつ戻ってくるのが自分でもわかった。同時に拒絶されるかもしれないという恐怖心が少しずつ消えていった。私は自分の気持ちを自由に表現する術《すべ》を自然に身につけていった。

「先生！　これ、あげる！」

母にも愛されてなかった

この頃までの私は、すべての原因は父にあると確信し、まわりの人たちにも、そう断言していた。でもどうして、男性の医師に対して、父性ではなく母性を感じてしまったんだろう。答えは簡単だ。私が母性を求めていたからだ。私が欲しかったものを、熊本先生に求めた、きっと、ただそれだけのことだろう。「あれ？　おかしいな？　私のお母さんは、とても優しいお母さんで、子どもを愛してくれているはずなのに……」私はいつも、熊本先生との診察の中で、母は優しい人、亭主関白な父の暴力にも耐《た》える立派《りっぱ》な母だと自慢げに話していた。そんな私を見て、熊本先生は困ったような複雑な表情を見せるのだった。そんなある日の診察で、熊本先生はしびれを切らしたように、私を問いつめた。

「あなたのお父ちゃん、ほんまの亭主関白《ていしゅかんぱく》とは違うと思わんか。なんでお母ちゃん、働いとるんや」

「どんな仕事でもいいから稼いで来いって、お父さんがどなるんやって。お母さん、泣いてた」

「どんな仕事でもええって、どういうことや」

「知らん。聞きたくないから聞いてない。売春とかちゃうの。亭主を愛してないのに離婚しない妻なんて、売春婦と一緒や、ってお父さんが言うてた」

「ほんで、泣いとるお母ちゃんを、子どものあなたがなぐさめてかばっとるんか」

「うん。いつもそう。ずっとそう」

「あのな、亭主関白の男ちゅうのはな、女性を働かせんのや。女と子どもを養《やしな》うちゅうのが亭主関白なんじゃ」

娘の私は、いつしか母親の小さなカウンセラーになってしまっていた。親子の立場は逆転していて、娘として母親に甘えることなどできなかった。暴力的な父がすべての悪の根源で、母は被害者であって、娘の私は母のために父をやっつけなければならない、そう信じていた。熊本先生は、そのゆがんだ家族関係を私に気づかせようとしているようだった。

でも本当は、私は心の奥のほうでうっすらと感じていたのだ。でも、誰が好んで認めようとするだろうか。自分の親が二人そろって親不適合者だなんて。両方の親から愛されていないだなんて。せめて片方の親はまともで、片方の親からだけでも愛されていると信じていたかったのだ。

でも、もう限界だった。勇気を出して事実を直視しなければいけない時が、ついに来たようだ。そして私は今、家から離れ、感情を爆発させても安全な〝病院〟という場所にいる。熊本先生との面接を終えた私は、病室に戻った。そして静かに心の中をのぞいた。目を閉じて、家で過ごした日々を振り帰る。たった独《ひと》り、病院の真っ白なベッドの上で。

夕方になり、ベッドから起きて病室を出て、泣きながら詰所まで歩いた。詰所に入るなり熊本先生の白衣のうでをトントンとたたいた。

「先生、私、お母さんにも愛されてなかった」

「あなたは自分の力で気がついた。ほんでよう頑張って認めたな。えらいぞ。ものすごい成長じゃ。ワシはうれしい」

そう言って本当に感慨深そうに「えらいぞ、成長じゃ」と私の肩をポンポンと軽くたたいた。

その数日後、再び家族を呼んで面接をする日がやってきた。診察室の中では、熊本先生に向かい合うかたちで、私と両親の三人が横に並んでイスにすわった。熊本先生は両親に向かって、しっかりとした口調で告げた。

「ご両親が、ルカさんに対して今までしてきたことは、精神科の教科書には〝虐待《ぎゃくたい》〟と書いてあります」

〝虐待〟……ああ、やっぱり……やっぱりそうだった……。私はとても静かな気持ちで、先生の言葉を聞いていた。第三者の客観的な言葉は事実として、私の感情を揺らすことなく、不思《ふし》議《ぎ》なくらい落ち着けた。たったひとつだけ、心に浮かんできた言葉があった。

「今日まで、長かったなぁ……」

両親が病院から帰ると、熊本先生は私と二人だけで真剣に話をしてくれた。

「ええか。あなたには〝生きる権利〟がある。ここは病院で、あなたにとって安全な場所じゃ。病院では、あなたの命と人権は必ず守ると約束する。だからあなたも約束してくれ」

私が守らなければならない約束ってなんだろう。命と人権を守るための約束とは、つまり〝自殺をしない〟ということだろうか。その後先生は私に、「面会に来ても良い人、来て欲しくない人を教えてくれ」と言った。それは私に選ぶ権利があるのだから、私に決めろと言うのだ。

私は「母と姉と弟とネコには会いたいけど、父には会いたくない」と伝えた。

「ほうか。わかった。ほんなら看護師さんたちにも伝えとくから。お父ちゃんが来たら帰ってもらうからな」

今までずっと、ワガママ、親不孝だ、と非難されていたものを、先生は〝権利〟と呼んだ。

病院からの通学

二学期もなかばになってきた。一学期から〝うつ〟で休みがちだったこともあって、まじめに登校しなければ、すぐに留年が決まってしまう。そこで、病院から高校に通えるように、看護師さんや職員さんが協力してくれた。毎朝、病院食をお弁当箱につめて持たせてくれた。患者さんたちと一緒に朝ごはんを食べた後、病院の駐輪場に置かせてもらっている自転車に乗って通学した。

「いってきます」
「気をつけて」
「ただいま」
「おかえり」

カギっ子だった私は、帰る場所に必ず誰かがいることの安心感や、対《つい》になる言葉が返ってくることの喜びを初めて知った。当たり前とされるあいさつでさえ、私の心の傷には優しく沁《し》みてくる。

「学校楽しかった？」

「お弁当おいしかった？」

気にかけてくれた看護師さんや、勉強がわからないときに、優しくわかりやすく教えてくれたお医者さん。私は主治医のみならず、たくさんの人に感情を育て直してもらった。まるで、十八年分の愛情が一度にまとめてやってきたような日々だった。いま、私が人並みにまともな育児ができているとしたら、それはこの人たちが私にくれた温《あたた》かさのおかげなのだ。

看護師さんたちは、私のことを両親と同じ苗字ではなく、「ルカちゃん」と名前で呼んでくれた。キリスト教にちなんでつけられた自分の名前を、親のエゴの象徴のように感じ、ずっと受け入れられずにいた。けれど、大好きな看護師さんたちに毎日呼ばれ続けるうちに、いつのまにか、私は大キライだった自分の名前が大好きになっていた。

けれど、学校に着くと大人たちの対応は違っていた。大学病院の精神科から通学する生徒は怖がられるのだ。偏見《へんけん》と無知とは違うものだと私は知った。保健室の養護教諭は〝うつ〟に関する知識を持っていながらも、私に対してあからさまな差別発言をした。けれど、ほかの多くの教師たちは精神科の患者をただ知らないだけのようにみえて、私は責める気持ちにはならなかった。

私は、「知らない世界にいる人」として怖がられた。どのように接していいかわからず、ほとんどの教師たちが、まるで腫れ物にさわるように私に接した。何をしても何を言っても私だけは「ＹＥＳ」なのだ。試しに職員室でタバコに火をつけてみると、「ここ、すわるか」と教師が生徒にイスと灰皿を差し出す。こんな学校、つまらなさすぎる。教師たちはタバコを吸いながら、私にこう言う。

「自由とは、自分の行動に自分で責任をとることだ」

自己責任という冷たい響きは、悩み困っている生徒が目の前にいてもヘタに関わってめんどうになるのはゴメンだから学校は一切関与しない、と切り捨てられたように感じた。

そこは左翼の教師が多いことで有名な、歴史と伝統ある公立高校だった。入学式や卒業式では「国歌斉唱！」という号令と同時に、教師たち全員が勢いよくイスから立ち上がったかと思うと、今度は誇《ほこ》らしげな表情でそろって地べたにすわり込む。この毎回お決まりの小さな抗議運動は、まるで事前に打ち合わせをしていたかのような、軍隊のようにそろった動きだった。

個人が自由な思想や信条をもつことは、大切で意義のあることだ。けれど、少しの誤差も許されないような脅迫的な雰囲気を、私はどうしても生理的に受けつけることができなかった。

それは、私が幼い頃から教会で感じてきた、大勢の人の集まりが、唯一《ゆいいつ》のものだけを、一心に崇《あが》め祈る奇妙な光景と、とてもよく似ていたからだ。

今、私の目に映っているものが、順応性や協調性などと呼ばれる、「社会人」に必要とされるものなのだろうか。「自由とは、自分の行動に責任をとることだ」――教師の放った言葉がとてもウソっぽく軽く感じられるのはなぜだろう。自由な行動をとる者は、その責任を自分でとらなければならない。逆説的に考えると、責任をとる勇気のない者たちは、多少の不自由と引き換えに自《みず》らの意に反する行動にも順応し、「社会人」として、その場をしのぐのだろうか。ほかと異なるもの、小数派を尊重し受け入れる包容力と勇気を持つことが〝社会性〟なのではないだろうか。その勇気のある人とそうでない人、その違いは〝異質〟とされる私への接し方で一目瞭然《いちもくりょうぜん》だった。

ただ一人だけ、ほかの生徒をしかるのと同じように、私をしかってくれる先生がいた。私はこの勇気ある先生が大好きだ。いつも私の両肩を、分厚《ぶあつ》い両手でがっちりつかんで揺さぶって、目を充血させながら、こう言うのだ。

「オレは……おまえみたいなやつに……物理を教えたかったんや！」

こんなとき生徒は、「しかってくれて、うれしい。ありがとう」などと、野暮《やぼ》なことを言ってはいけない。それは熱血教師に対する侮辱、マナー違反なのだ。

「誰が物理なんかすんねん。あほか。先生、頭から湯気出てるで」

礼儀にかなった最上級の憎まれ口をたたきながら、物理を選択科目としてとらなかったことを、心の底から悔やむのだ。


「それよりおまえ、これからの人生どうする気や。今のままでええんか」

「あのな、私な、動物みたいに生きるねん。本能だけで生きていくって決めた」

「なんやそれ、食べて寝てセックスして、それだけか」

「うん。そうや。あかんのか」

「あかんに決まっとるやろ。おまえはあほか。そんなもん、社会が許すわけないやろ」

「先生、社会って何？　説明して」

「何言うとんねん。……社会ちゅうたら社会やないか。……そんなもん、社会科の教師に聞かんかい」


社会……。それは高校生の私にとって、つかみどころがなく実体もない、未知の恐ろしい巨大な黒く冷たい魔界のように感じる世界だった。そして、学校という場所は、その得体の知れない「謎《なぞ》の共同体」に役立つスキルを身につけた人材を育成し、優れた人的資源を大量生産するための、まるで工場のような役目を担《にな》った機関のようだった。

子どもたちは、徐々に規格化された使い勝手のよい社会の一部品とされてゆく。そのためには、私のようにほかの生徒の迷惑になるような問題児は排除しないといけないのだろう。職員室でタバコを吸うような不良品は、不用品以外の何者でもなく、あっさりと捨《す》てられる。もしかしたら修理すれば使えるかもしれないのに、私のまわりの大人たちには、その技術はないようだった。それは学校でも家でも同じことだった。

社会的価値のある人的資源を生産する手段として、四角い教室の中で、整理整頓され並べられた四角い机に向かい、どんどん画一化されてゆく私たちが、教師から教わるものは知識だけだった。年号や元素記号、方程式……。私が求めているものは、こんなものではなかったはずだ。私が真に求めていたものは、知識ではなく教養だった。そして、それを教えてくれたのは教師たちではなかった。自分で見る力、自分で考える力、自分で選んで行動する力……。思考力や感性を、一緒に育て養《やしな》ってくれたのは、同じ世代の友達だった。

私の心の問題に対して、教師たちは無知のままだったけど、友達は積極的に知ろうとしてくれた。未知のものに純粋な興味と好奇心を持ち、そして一生懸命想像力を働かせて、知性で理解しようとしてくれた。「病院でどんな目にあわされてるんや」「鉄格子《てつごうし》に入れられてるんか」いろいろインタビューされて困った。

「病院にはきれいな庭があって、散歩をすると気持ちいい。ピアノも置いてあって、ときどき弾く。勉強する場所もある。外にも自由に出られる。テレビも見れる」

「なんや、怖いところとちゃうやんか。おかんが言うてたんウソか」

質問に答えていくうちに友達は安心してくれた。

ある日、「〝うつ〟がうつる。あの子には近づかないほうがいい」と一人の教師が言った。その言葉を聞いて、友達が一緒に怒ってくれた。そして、どうすれば病気が治るか、まるで自分のことのように親身《しんみ》になって考えてくれて、毎日、誰かが何かを持って来てくれた。自分たちが感動した音楽や小説、手描きの絵、花びらをつめて作った馨《かぐわ》しい眠り袋……。純粋でロマンチックな贈り物ばかりだ。学校にいついてしまった子ネコまでプレゼントされた。この時の子ネコは今でも私の家族だ。薬を飲まずに眠るにはどうすればいいか、みんなで考えを出し合ってくれて「無人島で波の音を聴いて暮らす」という、むちゃな結論が出たりした。私の心の中にある不安や憂鬱《ゆううつ》は、きっと同じ十八歳たちの中にも存在したのだろう。

閉鎖病棟の保護室へ

病院から学校へ通い始めて一ヶ月ほど経ったある日、高校の担任教師が病院に見舞いに来て、熊本先生と私の三人で話をした。その場で教師は私に休学届けを出して欲しいと言った。理由は「病院から学校に来る生徒はあなただけだから」という、すっきりとは納得できないものだった。結局のところ、学校は「精神科から学校へ通う」という前例のない生徒への対応がわからず、職務を放棄したようだった。そして友達から預《あず》かったという紙袋を置いて、さっさと学校に帰って行った。

紙袋の中にはクラスメート全員からの手紙が入っていた。一通一通読んでいるうちに、自分が病気になってしまったことが悔しくなってきた。手紙には私への気づかいに添えて、自分たちの悩みが書かれていた。進路のことや好きな男の子のこと、高校三年生の健全な悩みを、独《ひと》りぼっちで病院のベッドの上で読む。しかも明日から学校には行けないし、差出人である友達にはもう会えないのだ。絶望的な気持ちになって、大きな声で泣き叫んでしまった。

外へ飛び出して車にひかれて死にたいと思った。熊本先生に止められて、そのまま閉鎖病棟へ力づくで連れて行かれた。めずらしく真剣な顔で熊本先生は言った。

「あんな学校、こっちからやめてやれ！」

「先生、なに言うてんの？」

「学校みたいなつまらんとこには、もう行かんでええ。あなたみたいなおもろい人間は、学校なんかには向いとらん」

熊本先生は私の個性を理解してくれて、高校の対応に対して一緒に怒ってくれているように見えた。けれど、「学校に行く」という行為は社会で決められた当たり前のことで、ほかに選択肢があるなんて考えたこともなかった私は、二人の大人から違う理由で「学校に行くな」と言われて、とても動揺した。

「学校には向いてない、だから行かなくていい、そんな理屈がまかり通るのか。精神科医にそこまで決める権利があるのか。私は受験勉強をして優秀な大学に行かないといけない。それは子どものころから決められたことなのだ。高校を留年するなんて人生の落伍者のすることだ。そんなことは私の人生では許されないのだ。私の人生をめちゃくちゃにしないで欲しい。カギのかかった部屋に閉じ込めて学校に行けなくするなんて人権侵害だ！」

私は熊本先生にどなった。私はとてつもなく大きな挫折感を味わっていた。ついに私は〝社会的価値〟のない人間になってしまったのだ。すると、熊本先生は予想外の言葉で私を力強くはげました。それは、すべてのものに基準や規範があると思いこんで生きていた当時の私にとって、とても理解に苦しむ不可解《ふかかい》な言葉だった。

「誇《ほこ》りを持ってドロップアウトになったらええ。社会のレールからはずれても生きていける。人間ちゅうのは、そんな弱い生き物やなかろう。あなたの生きる道はほかにちゃんとあるんじゃ」

せまい部屋に閉じ込められた体では、行き場のない自殺願望を果たすことはできず、毎日幾度《いくど》も主治医と副主治医を呼んでは、悪態《あくたい》をついた。


「ヤブ医者！」

「そうじゃ。ワシはヤブ医者じゃ。すまんな」

「早くここから出して。私は死にたいんや！」

「ワシは医者じゃ。死にたい死にたい、言うて泣き叫んで暴れとる人を放っておけるか」

「ほんなら、先生が私を安楽死させて！」

「安楽死は殺人じゃ。医者がやることやない」

「ほんなら、ロボトミー手術して！　私の記憶の苦しい部分をハサミで切り取って！」


私は先生の優しく広い白衣の胸を、思い切りたたいたり蹴《け》ったりした。親に受けとめてもらえなかったつらく苦しい想いを、全身全霊で力の限り表現した。私の生を赦《ゆる》し、受けとめてくれる場所と相手をやっと見つけたと言わんばかりに、ため込まれたドロドロの感情のマグマがおさまることなく噴出《ふんしゅつ》する。「私にだって心があるんだ！　気持ちが、感情があるんだ！」その勢いはまるで火山の大噴火のようだ。男性の医師が二人でも手をつけられない興奮状態になった。

「すまん。今から手荒いことをするけど、どうか赦《ゆる》してくれ」

涙でぐちゃぐちゃの顔になっている私と視線をまっすぐ合わせて、熊本先生は真剣な表情であやまった。そして、副主治医の若い男の先生と一緒に、無理やり私を押さえつけて服のそでをめくり、肩のあたりに精神安定剤を注射した。

私はとてもかなしかった。そして二人の先生もかなしそうだった。先生たちは、泣きじゃくる私の肩を優しく揉《も》むようにしながら、さっきとは異なり静まりかえったように私をなぐさめた。注射の針を刺した部分の筋肉が痛むとかわいそうだから、と言ってしばらくの間、何度も何度もあやまりながら、腕を揉んでくれた。

「痛いやろ。ヤブ医者ですまんな。赦《ゆる》してくれ」

その行為は暴力のようでいて、それとはまったく違うものだった。私は大切にされたような気がした。本当の暴力を長年受け続けてきた私には、違いは明らかにわかった。それではいったい、父の暴力と何が違ったのだろうか。私は二人の先生のことを尊敬していたし、私にとって「安全な人たち」であると認識していた。そう感じさせてくれるだけの安心感を、日常的な何気ない会話や触れ合いの中で、私は先生たちからプレゼントされていたのだ。私は大切にされた。大切にされる理由などないはずの、生きる価値のない人間だったはずなのに。生まれてきてはいけないはずの人間なのに。それなのにどうして生きろと言われるのか、どうして大切にあつかってもらえるのか、わからなかった。

けれど心のずっと奥のほうで、かすかな安堵《あんど》を感じている私がいた。〝社会的価値〟などというものは、生命の〝付加価値〟にすぎない。あなたの命は、それだけで守るに値する価値がある。すべてを失ったあなたでも、生きつづけることを許《ゆる》されている。先生たちがそう言ってくれているような気がしたからだ。

誠実な入院患者さんたち

閉鎖病棟には四人部屋が一つと、独りだけで入る保護室が四つあった。保護室のドアは頑《がん》丈《じょう》で重く造られていて、外から閉められるとガシャンとカギがかかり、中からは開けられない仕組みになっている。重厚な金属製のドアには小さい丸い窓があって、保護室の中の患者の様子を観察できるようになっている。このドアを閉められて、外からのぞかれるだけの無抵抗な患者はどんな気持ちだろうか。それは治療と呼べるものなのだろうか。私が幼い頃に父から長時間閉じ込められた記憶を思い出さずにはいられなかった。

「先生、お願い、このドア閉めんといて欲しい」

「ドアは閉めん。廊下《ろうか》に出てもかまわんし、トイレも自由に行ってええ。つらくなったら詰所のドアをたたいたらええ」

本当だ。私以外の患者さんの部屋のドアも全部開けっ放しになっている。私はとてもホッとした。

「人間を閉じ込めるのは人権侵害じゃ。だからドアは絶対閉めん。約束する」

そう熊本先生は言った。やはりそうだ。子どもの頃、私がされてきたことは〝人権侵害〟だったのだ。

ある日曜日、父が教会の礼拝の帰りに病院へやってきた。日曜日は熊本先生はお休みで、女子病棟にはふだんの私の様子をよく知っている医師は誰もいない。看護師さんたちも人数が少なくて手が回らない様子で、患者本人が面会を拒否していたはずの父でも、手違いで簡単に病棟に入ってこれてしまったようだ。

閉鎖病棟にいる重症の病に苦しむ患者さんたちを見て、父が笑って言った。

「やっぱりみんな、目が違う。狂ってしもとる」

そしてその後、「まるで動物園みたいだ」とも言った。私の厭世観《えんせいかん》の根源でもあり、根深い悩みの種、希死念慮《きしねんりょ》の核心がこれだ。どうしてこんなにも倫理観のない親から生まれてしまったのか。この人の悪魔のように冷酷で残忍な要素が、私の中に半分もあるのだとしたら、なんとおぞましく受け入れ難いことだろう。

「あんたのほうが頭おかしいわ！　あんたのほうが狂ってる！」

私はどなり続けた。

「ほんまはおまえみたいな悪魔が閉じ込められたらええねん！　そうしたら世の中が平和になるんや！」

すると父はいつものように逆上して、幼い頃に私を懲《こ》らしめたように、廊下《ろうか》に出るなり保護室のドアをガシャンと閉めた。その時、私を救ってくれたのは、女神のように清らかに澄《す》んだ声の持ち主だった。

「ちょっと！　あなた何してるんですか！　ドアはお医者さんしか閉めたらダメなんですよ！」

何も躊躇《ちゅうちょ》せずに、すぐに私を助けてくれたのは、病院の中で一番重症にみえた患者さんだった。二十五歳くらいの、色白でほっそりした美人だ。肩にかかる黒髪を耳にかけて、閉鎖病棟の廊下を無表情で静かにゆっくり歩いては、突然しゃがんでニコリと笑う。一日中そればかりしている患者さんで、彼女の声を聞いたこともなかった私は、初めて聞いた気品ある美しい声と状況を素早く見極めた機敏な反応に驚いた。

「大丈夫よ！　すぐに看護師さんを呼んできてあげますからね！」

丸い窓越しに大きな声で私をはげまし、詰所のドアをドンドンとノックしながら看護師さんを呼んでくれた。

「看護師さん、看護師さん、すぐ来てください。ルカちゃんを助けてください」

私の名前、知ってたの？　会話すらできないと思っていた患者さんが、いつのまにか私の名前を覚えてくれていた。なんてあたたかいんだろう。この人は狂ってなんかいない。

今まで、私は人前でも暴力を受けていた。父は見せしめのように半分笑みを浮かべながら友達の前でも私をなぐった。玄関の外に裸足で出されて泣いていても、通行人も近所の人もみんな、見て見ぬふりをした。私の中には辱《はずか》しさと悔しさと怒りが蓄積されていった。

初めて私を助けてくれたのが、〝狂っている〟と言われ、世間から冷たい差別を受け続けてきた彼女だったのだ。何も躊躇《ちゅうちょ》せず、ただ真心だけで私を助けてくれた。なんてシンプルで、なんてストレートで、なんてかっこいいんだろう。

部屋から出られた私は、お礼を言いたくて彼女に近づいた。私も彼女の名前を呼んで話しかけてみた。

「ミエさん、ありがとう」

「……」

もう私のことは見えていないようだった。私を助けるとすぐに、夢の世界に帰ってしまったのだろうか。いつものように廊下《ろうか》を静かに歩いては、しゃがんでニコリと笑うという動作をくりかえしていた。

夜七時になると開放病棟の玄関のカギが閉まる。それから夜九時の消灯時間までの二時間は、閉鎖病棟の患者も医師の許可があれば、詰所の通路を通って開放病棟に出て行けるようになっていた。詰所を通ると、若い研修医が大きな声で電話をしている声が聞こえてきた。

「ですから、もううちでは診られません！　医師も看護師も、みんなつかれています！　転院していただきます！」

電話の相手は、ミエさんの家族らしかった。ミエさんの病状が重くて看護師さんたちが大変そうなのは私でもわかっていた。ミエさんは、どこへ行ってしまうのだろう。転院先の病院で、どんな治療を受けるのだろう。

その後も数日間は、保護室の中で、独《ひと》りぼっちでただ泣いて過ごす日々を送った。ミエさんは、もういない。となりの県との境にある、治療よりも経営に力を入れている精神科専門病院に転院したとほかの患者さんから聞いた。ミエさんのことが心配だけど私には何もする力がない。孤独感や無力感が増してくる。病院で見聞きする、いろんなことが刺激になって、イライラしたり、そわそわしたり、感情が暴れて爆発しそうだ。

「死にたい！　死にたい！」

寝ている時間以外はずっと、言葉にならないようなケダモノのような声で泣き叫んだ。すると突然、となりの部屋の患者さんがどなり込んできた。

「泣くな！　うるさい！　幻聴が何言うてるか聞き取れへんやろ！　静かにせえ！」

彼女は長い間、保護室の一番端の便器が設置された部屋にいる。タバコを吸うときだけ廊下に出てきて、吸い終わるとすぐに部屋に戻ってしまう。しばらくすると、その彼女が私の部屋にまたやって来た。彼女はさっきの病人とは別人に見えた。ふだんはブツブツと謎《なぞ》めいた独語《どくご》をつぶやきながらタバコをふかす彼女が、まるで夢からさめたかのように、すっきりした顔で私を見つめている。

「さっきはごめんな」

彼女はそう言って、私の体をなでるように抱きしめてくれた。ずーっとお風呂に入らず着替えもしていない彼女は、とても臭くて体も髪の毛もベタベタしていた。でも彼女の抱擁《ほうよう》は、とても野性的なにおいがして、それが妙にここち良かった。まるで母の胎内に帰り、生温かい羊水に守られているようだった。ずっとずっと欲していた原始的な愛につつまれた私の体は、幸福感に満ちていた。

「死にたいんか。そうか。かわいそうに」

彼女は私をしばらく抱きしめると、また夢の世界へ帰っていった。私を抱きしめ、なぐさめるためだけに、彼女は大切な夢の世界から自分の意思で覚醒《かくせい》してくれたのだ。精神病になったら感情がなくなるとか、理性がこわれるなんてウソだ。それは健康な人間の恐怖心が生み出したデタラメだ。

彼女たちの病気は当時、精神分裂病（二〇〇二年「統合失調症」に病名変更）と呼ばれていた。〝分裂〟……名前だけ聞くと、なんだかとても怖い響《ひび》きだ。最初はそう感じたけれど、彼女たちと一緒に暮らす中で、私の心は不思議と癒《いや》されてゆく。どうしてだろう。そうだ、彼女たちは「分裂していない」人たちだからだ。彼女たちは自分にも他人にもウソをつかない。真心だけで生きていて、思考と言葉と行動が完全に一致している。

それはとても純真で無垢《むく》で誠実だ。精神が分裂しているのはむしろ、私のまわりにいる汚《よご》れた大人たちのほうだ。助けなければならないときに見て見ぬふりをし、世間体を気にして愛のない打算的な結婚生活を続ける。お世辞《せじ》を言ったかと思えば、陰で平気で悪口を言う。そうだ、みんな分裂しているじゃないか。壮大な宇宙の中で、ちっぽけな個人的な悩みに翻弄《ほんろう》され、人生に葛藤《かっとう》し後悔ばかりし続けている私も。

ずっとここにいたい

閉鎖病棟には、もちろんライターを持ち込むことなどできないし、タバコも一日たった五本と決められていた。一日五本で満足できるスモーカーはそういないだろう。患者たちは詰所のドアをノックして看護師さんを呼んでお願いする。今日の閉鎖病棟担当の看護師さんが、優しい看護師さんでありますように、と期待しながらドアをたたく。

「タバコください」

患者にライターなど危なくて触《さわ》らせられない、仕方ないから火もつけてやる、そう言わんばかりに期待はずれの看護師はすばやくタバコに火をつけ、ライターをポケットにしまう。

「今日はこれで最後の一本やしな」

「私のタバコやろ。なんでそんな言い方されなあかんねん」

看護師はあきれたような顔をして、無言でドアを閉め、ガチャリとカギをかけ、去ってゆく。そのあと患者は、閉鎖病棟の廊下の地べたにすわってだまって気分の悪い味のタバコを吸うのだった。なんだかとても悔しくみじめな気持ちだ。私たちは悪いことをして閉じ込められているわけではないのに。

屈辱感は私に疑問を投げかけるようだった。カベの中に入れられて外に出られない生活は、安心感に似た感覚を私にもたらした。カベの中にいる私には、もう外を見る必要はない。おまけに外からも私の姿は見えないのだ。私は社会から消えてしまった。もう勝負しなくてもいい。人生をあきらめてしまえばいい。なぜなら私は病気なのだから。それは不可抗力《ふかこうりょく》であって、私の責任ではない。すべてを病気のせいにしてしまえばいいのだ。そんなふうに感じる私は弱いのだろうか。負けてしまったのだろうか。そして、私を負かした敵とはいったい何者だろう。

「僕は閉鎖で休憩《きゅうけい》するのが好きやねん」

わざと患者さんに聞こえるくらいの大きな声で、いつも優しく不器用《ぶきよう》なウソをつきながら、カギを開けて入ってくる、ベテランの男性看護師さんがいた。いつもこっそり自分のタバコを分けてくれるのだ。山形さんという、その看護師さんは朗《ほが》らかな人柄で病棟の人気者で、患者さんから「山ちゃん」と呼ばれていた。

「おーい。山ちゃんが休憩しに来たでー」

大きな声で山ちゃんが誰かを呼んでいる。患者さんたちに、部屋から出ておいで、と誘っているのだ。そして、白衣の胸ポケットから、白いＣＡＢＩＮ《キャビン》を出す。閉鎖病棟のスモーカーたちはうれしそうに山ちゃんのまわりに集合する。「こんなおっさんの味のタバコで良ければどうぞ」と言って、患者さんたちが口にくわえたＣＡＢＩＮに、順番にライターで火までつけてくれる。そして一緒にタバコを吸いながら、みんなで楽しくおしゃべりする日もあれば、私と山ちゃんの二人だけで、ただ並んで地べたにすわり、だまって一緒にプカプカと気だるい煙を吐くだけの日もあった。

山ちゃんが火をつけてくれるとタバコが優しい味になる。山ちゃんが一緒に地べたに並んですわってくれると床がほんわかと暖かくなる。山ちゃんはいつも、患者と同じ高さで対等な人間同士として会話をしてくれた。

「あのな、山ちゃん、私な……このまま……ずーっとここにいたい」

「……そうか。その気持ちは、ようようわかる。安心するんやろ。僕もそうや。あなたと同じ気持ちゃ。僕は精神科の患者さんが大好きなんや。純粋やし、無邪気《むじゃき》やし。そやしもう、四十年も精神科の看護師してるんや。精神科医も一緒やで。医者も看護師も精神科を希望する時点で、自分が癒されたいと思ってるんや。ほれ、見てみいな、ちょっと変わったおもろい先生が多いやろ。そやけどな、精神科ちゅうとこはな、昔は家族に無理やり連れて来られて一生閉じ込められる場所やったんやで。今よりもっともっと偏見《へんけん》やら差別が強かったしな。それぐらい精神科には暗い残酷《ざんこく》な歴史があるんや。今、あなたが癒《いや》されてる患者さんたちも、今までつらい思いをいっぱいしてきた人たちなんや。あなたとは全然違うんや。そやから、ずっとここにいたいやなんて、簡単に言うたらあかん。僕の言うてることとわかるやろ？　でも、あなたの気持ちはようようわかる」

山ちゃんの言葉どおり、誰よりも私を癒してくれたのは、世俗的なものさしを必要としない、純真無垢《じゅんしんむく》で無邪気な愛らしい患者さんたちだったのかもしれない。けれど、私にはひとつの疑問が生じた。カベの中にずっとい続けていたら、差別も偏見《へんけん》もなくならないのではないか。差別や偏見の原因のひとつには知識の不足がある。カベの中にいる人たちのことを、かつては私も知らなかった。そして見えないものや知らないものは無条件に怖かった。カベの中にいる人たちはいつかカベを壊して外へ出て行ったほうがいい。「私たちは怖くないよ」と胸を張って。最初はとても怖くて、とても勇気がいるけれど……。

「ところで山ちゃん、なんで歯ないの？　全部抜けたん？　歯どこいったん？」

歯槽膿漏《しそうのうろう》か何かわからないけれど、山形さんには歯が全部なかったのだ。無邪気《むじゃき》さの限度を超えた無神経な子どもの質問にも、山ちゃんは怒ったりせず、余裕のある返事をする。

「あのな、大事なこと教えたげよ。世の中ほんまはいらんもん、いっぱいあるんや。歯なんかいらんねん。なくてもしゃべれるし、ごはんもおいしく食べられる。僕の人生に歯はいらんから、ジャマやし、自分で取ったんや」

「ほんで、今、歯どこにあんの？」

「家の床の間に飾ってあるんや。夜になったらピカっと光るんや。怖いで。退院したら見せたげよか」

「いらんわ！」

世の中いらんもん、いっぱいある……。本当にそのとおりだ。本当はいらないものを探し求めて苦悩している私の心には、山形さんの言葉は真実に聞こえた。本当に必要なもの、本当はいらないもの……。進むべき道を見失っている私の前に道はなく、行き止まりの真っ暗な世界を前に、絶望と闘いながら独《ひと》り立ち尽くしていた。でもきっと、道は私の胸の内にあるのだろう。私が私の進む道を、自分の力で開拓しながら進んでいくのだろう。

私を癒《いや》してくれる純真無垢《じゅんしんむく》な患者さんたちは、ある意味あこがれの存在でもあった。そんなあこがれの人からきらわれない、そんな生き方がしたい。ならば私も、世俗的な観念やものさしをできる限り削《そ》ぎ落として、自分の気持ちに忠実に誠実に生きたい。誠実とは真心があってウソのないこと、思考と言葉と行動を一致させることだと患者さんたちから学んだ。真っ暗い闇《やみ》のような深い洞窟《どうくつ》に迷い込んでいた私は、ようやく出口を示す小さな光を見つけたような気がした。

社会の落ちこぼれ

長期入院している患者さんの中に一人、先に退院していく仲間に対して、いつも涙目でこう訴える患者さんがいた。

「退院おめでとう。さみしいけど、もうこんなところには戻って来ないでね。こんな鉄格子の病院には二度と帰って来ないでね。どうか、どうかお幸せに」

「この病院には鉄格子などないよ」

まわりの患者がそう諭《さと》すと、小さい体をブルブルと小刻《こきざ》みに震《ふる》わせながら、まるでおびえた子犬のように泣きながら話す。転院前に過ごした病院でのつらい記憶がよみがえり、今いる病院との区別がつかなくなるようだ。

「あるやんか！　鉄格子《てつごうし》！　怖いな、怖いな、閉じ込められて、騒いだら、静かにせぇー言うて、ポカーンてなぐられて、怖いな、怖いな、怖いなー」

これがなぐられた痕《あと》だよ、そう言って彼女が指し示した先にある片方の目は、へこんでしまっていた。たとえへこんでいても彼女の澄んだ瞳はとても美しく、その瞳に浮かんだ水滴はまるで随喜《ずいき》の涙のようだ。患者の中でも特に純真無垢《じゅんしんむく》な彼女は、とても素直に他人の幸せを願い、一切の妬《ねた》みも僻《ひが》みも嫉《そね》みもなく、仲間を送り出す。戻って来ないで、連れ戻されないようにと祈る。

「退院おめでとう。どうかお幸せに。お家までの道中、お気をつけて」

子どものようにあどけない彼女はまた、看護師さんからよくしかられもした。理由はいつも、こっそりお菓子を食べただとか、食後のテーブルふきの当番を忘れただとか、とても些細《ささい》なことだ。だから看護師さんのほうも本気でしかるわけではなく、軽くたしなめる程度だった。

あの日も、いつものように彼女は食後のテーブルふきの当番を忘れていただけだった。健康な人にもあるように、ただうっかり忘れていたのだ。悪気があってサボったわけではなかった。けれどその日、私は、看護師が彼女を罵倒《ばとう》する大きな声を、確かに聴いたのだ。

「社会での落ちこぼれが、病院でも落ちこぼれになるつもり？」

……社会での落ちこぼれ？　いったいこの看護師さんは何を言っているのだろう。私は耳を疑った。そして驚きのあまり言葉も失ってしまった私は、即座に看護師に反論もできず、情けないことに彼女をかばうことすらできなかった。

看護師の言い草は、精神科の病院という場所は、社会から「落ちてこぼれた人」の収容所であると言わんばかりの暴言だった。けれど私は、精神科の患者は、落ちこぼれなどでは決してないということを、この看護師よりも深く学び、日々実感していた。

ただ、ここも社会の一部なのだ。社会から完全に隔離され、相対的な評価を求められない安心できる場所ではなかったのだ。逃避行に疲れた羽を休めたあともなお、そのまま安住し続ける楽園ではないのだ。

初めての自傷

保護室は暗く静かな場所だった。外部の刺激から遮断《しゃだん》され、まさに保護された部屋だ。私は徐々に落ち着き、一人静かに過ごしていた。その日は日曜日で、病院の中はいつもより静かだった。看護師さんもふだんより少ない。いつも私を守ってくれていた熊本先生もお休みで、病院にはいなかった。代わりに、年配のベテランのえらい先生が当直で来ていた。論文や教科書の中の患者のことはたくさん知っているけれど、私のことは何にも知らない医師が、その日は当直だった。

私はただ、静かに休んでいただけだった。そこへ突然、思いがけない訪問者があらわれた。私の大キライな牧師だ。たまたま詰所にいた新人の看護師さんは、私がクリスチャンだと思ったようで、私が望んで牧師を呼んだと勘違《かんちが》いして、父と牧師を病棟に通してしまった。面会を拒否していたはずの父と一緒に保護室に入ってきた牧師は、いきなり私の頭を押さえつけるように手を置き、ブツブツと不気味《ぶきみ》な祈禱《きとう》を始めた。聖職者が頭に手を置く「按手《あんしゅ》」と呼ばれる祈り、それは洗礼を受ける者に聖霊を宿したり、サタンを追い払ったり、新たな聖職者を任命するときの行為であったり、霊的に特別な意味を持つ祈り方だ。

強引に頭に手を置かれている私は、聖書の中の、ある箇所を思い出していた。それは〝悪霊にとり憑《つ》かれた者〟という表現がある場面だ。私は悪霊にとり憑かれていると思われている、そう感じたのだ。ブツブツと怪しい祈りを終えると、私には何も言わず、牧師と父は帰っていった。「ありがとうございました」という父の声が、扉の向こうで聞こえたような気がした。

一人になった保護室の中で混乱した。いったい今、私は何をされたのだろう、どうして抵抗できなかったのだろう、なぜ「やめて」と言えなかったのだろう、私は子どもの頃からずっと、自分の体は守れなくても、心は守り貫《つらぬ》いてきた。けれど、ずっと大切に守り通してきたものが今、犯されてしまった。牧師は洗礼を拒否し続けた私を、打ち負かした気分になったことだろう。保護室にいる弱々しい私を見て、自分の正義こそ真実だと勘違いしただろう。

ここは病院なのに、どうして守ってもらえなかったのだろう。「あなたは間違っとらん」といつも私を肯定してくれた熊本先生も、今日は助けに来てくれなかった。悔しさや怒り、いろんな感情が私の中でぐちゃぐちゃになって大暴れした。このなんともいえない気持ちは、いったいどこへ向けたらよいのだろう。

私は、〝いつでも死ねる〟お守りとして、こっそり持ち込んだお気に入りのマグカップを力いっぱい床にたたきつけて割り、とがった破片を左手首にグサリと突き刺した。若い看護師さんの悲鳴を聞いて、当直の先生があわてて飛んで来た。「興奮！　セルシン！」私の体を押さえつけながら、当直医は大きな声で看護師に注射の用意をするように命じた。今度は無理やり注射を打たれて、すぐに眠った。

初めての保護室、そして、初めての自傷。私は何も悪いことはしていないはずだ。ただ静かに休んでいただけなのに。私が興奮したのは、正常な反応ではないのだろうか。自由を奪われた状況で突然被害を受けて、興奮しない人がいるのだろうか。倫理観の失われた閉鎖病棟という場所は、単なる人権侵害の場ではないのか。私の心は、あまりにもぞんざいにあつかわれてしまった。私の心は、尊重されなかった。いっそのこと、心なんてなくなればいいのに。

その忌《い》まわしい出来事のあとも、数日間は保護室に閉じこもって過ごしていた。四角い部屋、薄暗い照明、冷たい床に布団《ふとん》が敷いてあるだけ。ほかには何もない。何もない部屋だ、ここはこの世の果てだ、私の人生は終わった、そう思って過ごしていたある朝、目が覚めると部屋に薄く光が射《さ》し込んでいた。窓があったのだ。窓のそばまで近づいてみる。けれど、窓は私の背よりも高い位置にあって、外を見ることはできなかった。だから私はいつも窓を見ていた。独《ひと》りぼっちで冷たい床にすわって、いつもいつも窓をながめていた。これは希望の窓だ。この四角いだけの部屋に、「窓をつけよう」と考えた人がいるのだ。閉じ込められた病人のために、窓を作ってくれた人がいるのだ。人間は捨《す》てたもんじゃない、と思った。ただの四角い部屋ではなかった。何もない部屋ではなかった。知らない誰かの愛が込められた、希望の窓がある部屋だった。

〝真の希望は絶望から生じる〟

ある哲学者の言葉を思い出していた。

病院の子になったらいかん！

シャドープロフェッサー〝影の教授〟と呼ばれる人物がいた。そうじのおばちゃんだ。

「あんた、ええ顔になってきた。ぼちぼち出してもらえるわ」

おばちゃんにそう言われた患者は、ピタリと占いが当たるかのように、その日のうちに開放病棟へ出てゆく。私もおばちゃんに太鼓判《たいこばん》を押してもらった直後、閉鎖病棟から出た。おまけに、おばちゃんは退院の予言もしてみせる。

「あんた、もうぼちぼち退院や。もう帰ってきたらあかんで。わかったな」

黙々とホウキで床をはきながら、おばちゃんが私に向かってそう言ったのだ。

「なんでそんなんわかるの？」

「あんたよりな、六十年も長く生きとんねん」

バカにするなと言わんばかりの怒り顔で私をにらむ。そうじを終えたおばちゃんは、背中を丸めてソファーに腰かけ、ヤンキーのような格好でセブンスターを吸いながら、ガラガラの声で私に説教した。

「あんた、どんなつらいことがあったんか知らんけど、こんなとこで若い大事な時を過ごしてたらあかん。あんたは今、人生で一番ええ時や。これからどんどん年とっておばちゃんになる。あっという間や。おばちゃんみたいな年寄りでもな、毎朝四時に起きて五時から働いてるんや。人間にはな、底力があるんやで。つらいことがあっても負けたらあかん。あんたはもう退院や。帰ってきたら怒ったるしな」

そうじのおばちゃんは、人生は有限であることを日々かみしめて生きているようだった。〝時〟の大切さを知っているのだ。

シャドープロフェッサーの予言どおり、私は退院することになった。けれど、決して〝うつ〟が軽くなったわけではない。私の気分は相変わらず不安定で、手首を切るクセもひどくなるばかりだった。外出許可をもらい、コンビニでカッターナイフを買って来ては、病院のトイレで手首を切る。カッターナイフは看護師さんに見つかるたびに没収される。翌日も、コンビニへカッターナイフを買いに行くために外出許可をとる。そんな日々を過ごした。

夏に入院してからの半年間、「精神科」という家に私のベッドはあって、そこから内科や婦人科や学校に通う生活を送っていた。もともと、病気の原因を調べるための入院だったはずなのに、だんだん「精神科での生活」がここち良くなっていた。

ひと通りの検査を終えても、私の不調の原因はよくわからなかった。でも本当の家には帰りたくない、家に帰ったら父を殺してしまいそうだ。でも、熊本先生は言った。それは入院前から忠告されていたことだった。


「病院の子になったらいかん！」

「イヤや！　私はこのまま病院の子になってしまいたい！　家に帰ったら、お父さんを殺してしまいそうや！」

「あなたは人殺しなんかできる子やない！」

「イヤや！　家には絶対に帰りたくない！」

「いかん。あなたのベッドはもうない。強制退院じゃ！」

〝強制退院〟……。愛着を抱いている熊本先生の口から発せられたその言葉の響《ひび》きは、とてもさみしく鋭く私の胸に突きささった。「うちの子じゃない。出て行け」そう幼い頃に両親に捨てられた時の感情に似《に》ている。似ているけれど、やはり根本的に違っていた。熊本先生はすかさず、さみしさでポッカリ空いた心の穴を埋めるセリフをつけ加える。

「あなたのこと、外来で待っとるから。必ず来いよ」

「あなたを待っている」という言葉は、「次の外来の日までは死ぬな」と言われているように聞こえた。

第4章 退院してから

リストカットの日々

避難場所を失った私は、しかたなく家に帰った。入院から半年経っても、やはり両親の不仲は相変わらずで、不安定な日常が待ち受けていた。保護室で覚えてしまった自傷は習慣になっていた。赤い血と一緒に、私の穢《けが》れも流れてゆくような気がするのだ。透明のガラスをピカピカにみがくように、少しの曇りも汚れも見つけたら消さないと気がすまない。みがいたガラスが澄《す》めば澄むほど、少しの汚れでも目立つようになるだけなのに。それでも、透きとおった心にあこがれていた。毎日のように自傷しては病院の外来に行き、傷をぬってもらう、そんな日が続いた。

初めて精神科を受診して、私に治療が必要だと告げられた日の夜、母は落胆して泣き崩れた。

「親戚中で一番しっかりして優しくて頼りにしていた子が、精神病になるなんて！」

私の命は、母の目的を達成するための道具でしかなかったのだろうか。故障した役に立たない機械は、もういらないのだろうか。私を産んだ日のことを、母は幾度《いくど》も私に話して聞かせた。赤ん坊の私を見て、強く確信したのだと。

「この子が私を助けてくれる。私を助けるために、この子は産まれてくれたのだ」

母はきっと、父からの暴力に追いつめられていたのだろう。私はただ、私に向けられる母の笑顔が欲しい一心で、理不尽《りふじん》かつ身勝手に押しつけられた任務を遂行しようと、素直に空《むな》しい努力を続けた。私は小さい体で、ある時は母を守る盾《たて》となり、あるときは父のサンドバックとなった。たび重なる暴力は、とてつもない破壊力で体と心を分離してしまう。いつのまにか体から心が剝奪《はくだつ》されてしまうのだ。私の体は本当は機械なのではないか、私の皮膚《ひふ》の下はスポンジかもしれない、私のお腹の中にはほかの人と同じようにちゃんと内臓があるのだろうか……。だんだん体に対する感覚が普通じゃなくなっていった。私の不安は究極の問いに行き着く。

「私は本当に生き物なのだろうか」

手首にカッターナイフの刃を滑《すべ》らせる。静かに赤い血が出てくるのを見ると、自分の体の中身はほかの人と同じなのだとほっとしたのもつかの間、その後すぐに落胆する。私は生きている。それなのにどうして、生き物としてあつかってもらえないのだろう。傷つけた瞬間、私の体は痛いと叫ぶ。同時に心も痛いと泣く。剝奪《はくだつ》された心を体に戻すための、リストカットというつらい作業を毎日のように行った。十八歳の冬からの一年間は、リストカットの一年間だった。

理想のお父さん

外来にはとても優しい先生がいた。ちょうど父親くらいの年齢のその先生は、「いばらき先生」という名前だ。「みんな、いばらぎ先生って呼ぶけど、ほんまは僕《ぼく》、いばらきなんや」とちょっと不機嫌《ふきげん》そうに話した。背が高くて端整《たんせい》な雰囲気の茨城先生は、中年の女性患者さんの人気者で、「私が本妻や」という患者さんが何人もいた。女子病棟のケンカの火種になるほどに優しい先生なのだ。

「あんたは子どもや。色気もないし、特別に許す。茨城先生としゃべってもええ」

女子病棟の大御所であるおばさまたちの特別許可をもらっていた私は、茨城先生とおしゃべりするのを楽しみにしていた。子どもが好きそうな茨城先生は、いつも気さくに声をかけてくれた。大人から興味や関心を持たれることのここち良さとあたたかさを私は初めて経験した。大人たちに無視され続けたさみしく暗い記憶が、おだやかな暖色に塗り替えられていくようだ。

「きみの服はどこに売ってるんや」

「日本人は黒髪が美しいんや」

「人間のツメの色は薄いピンクって決まってるんや」

奇抜なファッションの私に向かって、いつも眉《まゆ》をひそめて説教するのだ。恋の相談をしたこともあった。二十も年上の男性に恋してるんだと打ち明けると、茨城先生は泣くような顔をした。

「それはあかん。絶対あかん。なんでそんなおっさん好きになってしもうたんや。かわいそうに」

しばらく、「ああ、かわいそう、かわいそう」としつこいくらいに何度も何度も嘆《なげ》いていた。かわいそうという、仏のように情け深い慈悲《じひ》が、この先生の人助けの根底にあることを、なんとなく私は感じとっていた。私の手首の傷を縫《ぬ》うときも、また泣きそうな顔をする。

「なんでこんなことしたんや。かわいそうに」

そして、「かわいそう、かわいそう」と嘆きながら縫合《ほうごう》の準備をする。

「痕《あと》が残ったらかわいそうや。嫁に行かれんようになったらかわいそうや。小児用の細い糸で縫ってあげよう。細い糸どこや。細い糸どこいった……」

そう言って、処置室中のすべての引き出しの中を探しまわって、やっと見つけ出した極細の水色の糸で、私の手首を憐《あわ》れみ深く、一針一針縫っていく。

「痕が残りませんように。痕が残りませんように」

そう呪文《じゅもん》のように念じながら、先生は優しく丁寧《ていねい》に縫っていく。自分で切り刻んだ傷を縫合してもらう時、いつも私は針と糸の動きをじっと見つめていた。糸をキュッと結ぶ瞬間が特に好きだった。それはまるで、暴力によって無理やり分離された心と体も縫い合わされ、再び〝私〟というひとつの命に戻れるような、不思議な安心感を得られる瞬間だったからだ。傷を縫い終えた茨城先生は、毎回同じ言葉で私をしかる。それは、子どもの頃、誰かが父に対して言ってくれないだろうかと、待ちわびていた言葉だった。

「もうこんな痛いこと、二度としたらあかんで。ええな」

こんな優しい人が本当のお父さんだったら幸せだったろうな。そう思った私は、本人にその気持ちを告白する。すると茨城先生は、「怖い、怖い」と肩をすぼめた。

「僕はあなたみたいな娘はいらん。手首切るような、おっかない娘はいらん」

そう言いながら優しく笑った。

きみはたたかれてるんやな

外来では、もう一人、印象に残っている先生がいる。最初のイメージは、病棟で一番えらい雰囲気の、親分肌でちょっと近寄りがたい先生。実際にきびしくしかられたこともあった。私は病院が休みの土日に、調子が悪くなって受診することがあって、休日に当直を担当することの多かった福岡先生には、毎回しかられていた。「休診日に来るな」という当たり前の理由だ。けれど、週末に調子が悪くなる原因があった。春から単身赴任している父が帰宅するのだ。「帰ってくる」と思うだけで、体中の筋肉がかたくなり、呼吸が浅く速くなって、激しい鼓動が全身に響《ひび》き渡ってしまう。

ある週末、パニックになった私はやむを得ず、母に連れられて休診日の病院へ行った。当直はやっぱり福岡先生だ。いつものようにしかられた後、いつもまわりの大人にしている質問を、勇気を出してしてみようと思った。その質問とは「自分の子どもをたたきますか？」ということだ。たいていの大人は「たたくわけない」と返事した。その後どうしてそんなこと聞くんだろうと不思議《ふしぎ》そうな表情で私を見つめる。その時には一瞬で心がキーンと冷たくかたまり、あふれ出そうになっていた涙が、まぶたの奥でカチカチに凍《こお》ってしまうようだった。

「先生は自分の子どもをたたきますか?」

「たたく」

福岡先生は即答した。初めての回答に驚きながらも、続けて質問する。

「男の子ですか? 女の子もたたきますか?」

すると福岡先生は自分の意見に自信たっぷりな様子でこう言った。

「男はアホやからたたく。女の子はかわいいからたたかへん」

しばらくの沈黙の後、おもむろに私のほうに体を真正面に向けて、私の目をじっと見つめて福岡先生は言った。

「きみはたたかれてるんやな。今まで気がつかなくて怒って悪かったたな。ごめんな」

そうだ、ずっと私は誰かに気づいて欲しかったのだ。親から暴力を受けていること、それを自分から人に打ち明けることは、自分がバラバラに壊れて、もう二度ともとに戻れなくなってしまうように怖いのだ。親から愛されること。それはきっと、子どもにとって健全な自尊心の土台になる。私にはその土台がないのだ。親から愛されていないという真実を誰かに知られることは、私の自尊心がニセモノだとバレてしまうことだ。不安定ながらも高く積みあげた積木の塔《とう》が、一瞬のささいな揺れで崩壊するような、破裂しそうにふくらんだ風船に細い針を刺して破裂する寸前のような、今にも壊れそうな〝なにか〟をいつも抱いていた。

「これからどうしていったらいいか、一緒に考えよう」

福岡先生は、母にイスにすわるようにすすめて率直にたずねた。

「お母さんはどう考えてる?」

母は何も答えられなかった。福岡先生は落ち着いて誘導する。

「この人とお父さんを離す方法を考えてみて。お父さんがホテルに泊まるとか、できひんのか?」

けれど、母には父の行動を決める権利など与えられていないから、またもや何も答えられない。そんな母を見て情けなさと怒りが込み上げてくるのだ。

「ほんまは、保護室に入れて一晩ゆっくり休ませてあげたい」

何度も深くため息をつきながら、福岡先生はとても長く悩んだ末に結論を出した。

「緊急入院させて保護室で休ませたいけれど、休診日の今日に、病棟医長である自分は、ほかの医師に示しのつかないことはできない。申しわけないけど許して欲しい」

福岡先生の誠実な言葉に気持ちが落ち着いて、その日は帰宅した。ひとつ屋根の下に暮らしていても、父とはいっさい顔を合わせず、自分の部屋だけで過ごした。

第5章

死にたい、でも本当は生きたい

一度目の自殺未遂

初めての入院中、私のとなりのベッドに、私よりひとつ年下の十七歳の女の子が入院してきた。彼女は自傷がひどくて強制入院になり、病院の規則が守れず一ヶ月ほどで強制退院になった。退院後すぐに、彼女は亡くなった。摂食障害で体がボロボロだったために、突然心臓が止まったのだと看護師さんから聞いた。人が死ぬのは一瞬なのだと驚いた。

同じ部屋に暮らす私たちは、わずか一ヶ月の間に一生分の会話を交わした。彼女と私は、ほとんど同じ境遇だった。彼女も幼い頃から虐待《ぎゃくたい》を受けていた。

「父親から暴力を振るわれ、それなのに母親には助けてもらえない」

と泣いていた。父親と母親の関係も、私の家族とそっくりだった。

「庭の木に縛《しば》られてつるされる。裸で何日も納屋に閉じ込められて、食事をもらえない。いっそのこと自殺して、世間体ばかり気にする親に復讐してやりたい」

そう言って泣いては、自分の体を傷つけていた。


私と同じような境遇で育った彼女は、つらい気持ちを分かち合える、初めての友達だった。

「親になんか負けないで、一緒に頑張ろうね」そう、はげまし合った。「一緒に元気になろうね」そう約束した。それなのに彼女は死んでしまった。「退院したら遊びに来るよ」と言ったきり突然消えてしまった。ショックでとても動揺した。それまでにもまして、生きることや死ぬことに関して「なぜ」「どうして」という疑問詞が強くつきまとうようになった。


なぜ生きなければいけないのか、どうして死んだらだめなのか、診察のたびに熊本先生を問いつめた。生まれてきたくなかった。生まれてきたのは間違いなんだ。生きていても今まで何も良いことがなかった。まるで親のために生まれたように感じる。どうして英語では be born というのか。つまり私の人生は受動態ということなのか……それなら生きることに意味なんかないじゃないか！　答えの出ない問いに溺《おぼ》れるように泣き続けた。

「なんで死んだらあかんの？」

「ワシがかなしいからじゃ」

「そんなん知らん。それは先生のエゴや」

「あなたも友達が死んでかなしんどるやないか。だから死んだらいかんのや」

けれど、人の死と自分の死とを同じようには考えられなかった。「死にたい、死にたい」と叫んだあの頃の私は、本当は死にたいのではなく解決したかったのだろう。解決、それはより善《よ》く生きるための行為だ。つまり私は、本当は生きたかったのだ。けれど、何を解決したいのかも、そしてその解決方法もわからなかった。

「十八年ちょうどで生涯を終えよう」

そう思った私は十九歳になる前の晩、睡眠薬を大量に飲んで眠った。「死にたい、死にたい」、そう悲嘆に暮れて泣きながら薬を飲んだ。

目が覚《さ》めると、私は独《ひと》りぼっちだった。いかにも病院らしき灰色がかった白いカベの、せまい個室のベッドの上に寝かされていた。ベッドの頭部の柵《さく》に目を向けると、そこには私の名前と「十九歳　薬物中毒」と書かれたプレートがかかっていた。十八歳から十九歳へと変わる記念のその瞬間……、私は意識不明のまま、集中治療室で独《ひと》りぼっちの誕生日を迎えていた。

「ここはどこだろう。どこかの救急病院だろうか」

白いカベのせまい部屋には私一人だけ。知らない場所に、たった一人でいるのはとても怖かった。私はベッドから起き上がり部屋の外に出たいと思った。その前に、体についている、たくさんの管を取ってもらわないと身動きが取れない。私は、ナースコールのボタンを押して、看護師さんを呼んだ。尿道の管をはずす時の乱暴で痛かったこと。顔も名前も知らない看護師さんたちは、無言でめんどくさそうに、冷たい表情で私の体の処置を雑に終えて、だまって去っていった。管をすべてはずされてビニールから解放された私はベッドから起き上がり、床に足を下ろした。そのとたん、倒れてしまった。足に力が入らないのだ。

「歩けなくなっている……どうして……?」

あせった私は、もう一度ナースコールした。足に力が入らない、そう伝えると看護師は医師を連れて戻ってきた。足に金槌《かなづち》のようなものをコンコン当てては「何か感じるか?」とたずねる。私の左足は何も感じられなくなっていた。足の様子を診て、ぶっきらぼうな態度で医師は看護師にボソボソと言った。

「体動かすのん、忘れてたんとちゃうんか」

集中治療室に運ばれた私は、たくさんの機械を使って治療を受け、カメラとモニターで経過を観察されていたようだった。つまり生身の私はずっと、コンピューター画面の中にいたのだ。

医師の説明では、意識のない数日間、ずっと同じ姿勢で寝ていたから、私の左足の神経は圧迫されてしまって、麻痺《まひ》して動かなくなってしまったそうだ。

私は救急病院の医師や看護師には、ほとんど何も話さなかった。何か訴《うった》えたところで、彼らの顔には、すでに返事が書いてあるのだから。

「精神不安定なめんどうな患者」

「仕事を増やすな」

「足が動かなくなったのは天罰だ」

それからしばらくの間、車イスと紙オムツの生活をした。きつい顔で文句を言われながら、毎日処置を受ける。みずから命を絶とうとして死に損《そこ》なうとはこういうことなのか……。私は、とても情けなくみじめな思いをした。

意識が戻ってしばらくすると、病院に母がやって来た。私の顔を見るなり、母は泣き崩れた。

「自殺した人は地獄に行くんやで。そやけど、あんたは今、生まれ変わったんや。神様が救って下さったんや。もう今までのあんたやない。もう二度としたらあかんで。今度自殺したら、もう天国には入れへん……」

……お母さん、私は天国に入るために生きているんじゃないよ。地獄に行ってしまうような悪い子でも、私のこと愛して欲しい……。けれど、母から拒絶されることは何より怖くて、私は気持ちを隠《かく》してだまっていた。

するとと母の口から、もうひとつ、聖書の言葉が出てきた。

「試練は、耐《た》えられる者に神が与えて下さる」

だから感謝して耐えろ、ありがたいと思って頑張れ、とでも言う気なのか。私が背負っている試練は、本当はお母さんの物ではないの？　お母さんが一緒に背負ってくれたら、私の荷物は少しは軽くなるのに。母が私に言った、〝生まれ変わった〟という言葉は、昨日までの私の人生が無価値であると完全に否定されてしまったように聞こえた。

生きるために依存する私たち

足は動かなかったけれど、頭はイヤと言うほど活動的だった。病室を出て廊下の突き当りに喫煙所があって、私はヒザの上にタバコをのせて、両手で車イスのタイヤを回して部屋と喫煙所を毎日何往復もした。とてもたいくつだ。誰でもいいから話相手が欲しい。

「救急車！　あーもう！　今度はアル中やって！」

ちらりと私をにらんで、看護師が騒々《そうぞう》しく集中治療室の準備をしはじめた。私の病室のとなりに、なんだか大変な人が来るらしい。

それから二日ほど経った日の夕方、いつものように喫煙所に行くと、五十代くらいの紳士が一人でイスに品よく腰かけていた。自分のパジャマではなく、病室に備えつけられた着衣とスリッパをはいていて、髪はボサボサでひげも伸びていて、おでこに大きなバンソウコウが貼《は》ってあった。そして、なんだかとても居心地悪そうにオレンジ色の西の空を見ていて、その横顔はとてもさみしそうで、けれどロマンチックで印象的だった。もしかたら、この人は〝独《ひと》りぼっち〟なのかもしれない。私と同じなのかもしれない。私はふだん通りタバコに火をつけて、おじさんとは別の灰皿を使おうとした。

「ピンクが好きな病院だね」

病院のカベを指さしながら、おじさんが言った。あぁ、本当だ。私たちがすわっているイスも、窓際のカーテンも、看護師の服の色もクツの色もピンクだ。

「ピンクを使えば優しい雰囲気《ふんいき》になると思っているのかな。優しい色は、あまり使いすぎるといけないね」

そう言いながら、おじさんは息苦しそうな表情をした。この人は、誰かの一方的で利己的な優しさに窒息《ちっそく》しそうなのだろうか。そうだとしたら、やっぱり私と同じだ。その時、私は、両親が通う教会の信者さんたちを思い出していた。病気になった私への、うんざりするほどの優しさ。そうだ、確かに、憐《あわ》れみ深い人は幸いである。憐れみを受ける人はとても惨《みじ》めな気持ちになるけれど。

「きみはケガをして入院しているの？　交通事故？」

車イスの私に、おじさんが聞いてきた。このおじさんはきっと、私のことを憐れんだりしないだろう、この人には本当の話ができるかもしれない。

「交通事故じゃないよ。ベッドの頭のところにあるプレートには〝薬物中毒〟って書いてある。睡眠薬をいっぺんにたくさん飲んで救急車で運ばれてきた」

「……」

「私はどうも普通の高校生ではないらしい。ほら、手首にもこんなに傷があるよ、ついこの前まで精神科に入院していたよ。でも私は自分のことを頭が変だなんて思わない。私のことを変だと思う人が変なのに……」

そんなことを独《ひと》り言《ごと》のように一方的に語った。おじさんは、うんうん、とうなずいていた。

「僕も昨日、救急車で運ばれてきたんだよ。お酒を飲みすぎて階段から落ちただけなのに店員が大げさに救急車なんて呼ぶもんだから。警察まで来て大変だった」

「もしかして、一昨日運ばれてきたアル中っておじさんのこと？　中毒なんやったら私と一緒や」

おじさんは、少し不機嫌《ふきげん》そうな顔をして、私に説教するように諭した。

「僕は中毒じゃないよ。僕は〝アルコール依存症〟っていうんだ。中毒と依存症とは違うんだよ。僕はアルコールに依存しながら生きている。生きるために依存しているのかもしれないけど。きみは死ぬために薬を飲んだんだろ。一緒にしないでくれ」

おじさんは怒ってしまって、しばらく私から目をそらして口を閉ざしていた。そして気持ちをしずめるように、おだやかな口調で私の目を見つめながら質問した。

「どうして死にたいと思ったの？」

この質問には決まった返事がいくつかあって、「学校も親も大キライだから」「大人から愛されなかったから」「大人が大キライ、だから大人になんてなりたくないから」「おまけに〝うつ〟になって精神科に行ったら、私の人格がおかしいとか、性格の問題だとか言われて、将来を絶望した（私のことをよく知らない男子病棟の先生に、そう暴言を吐かれた。医師は裁《さば》く人ではないのに）」「こんな社会に生まれて来たくなかった」とか。これらは全部本当のことだけれど、今、私の目の前にいる人には、本当のことのなかでもさらに本当のこと、人生の根源的な悩みを打ち明けてみたくなっていた。

「どうして死にたいかというと、私は無力だから。私には力がないから。それなのに生きているということがとても空《むな》しいから。人はいつか死ぬのにどうして生きていかないといけないのか、そんなことばかり考えてしまう。こんなことを友達に話すと変人がられてしまうし、もしかしたら友達には見えないものが私には見えてしまうのかもしれない。本当は隠《かく》されているはずの、子どもは見なくてもいい社会の不正が、子どもの頃から見えてしまって頭から離れない。おかしい、何とかしたい、解決したいと思うことがいっぱいあるのに、私には力がなくて何もできない。そして、そんなこと考えても仕方がないとか、感受性が異常だとか、まるで私を追い出すように〝変人〟というレッテルをはられる。だから私はいつも独《ひと》りぼっちで居場所がなくてさみしい。でも私は個人的な話をしているんじゃない」

おじさんはだまって話を聴いてくれていた。そして僕にはあなたの気持ちが痛いほどよく理解できる、かつて自分も同じことで悩んだよ、そう納得したような表情でおじさんはゆっくりうなずいた。

「きみは今、僕と話をしながら自分が何本タバコを吸ったかわかるかい？」

「……」

答えられなかった。タバコを何本吸ったか、そんなこと今の打ち明け話と何の関係があるのだろう。第一、タバコを数えて吸うなんて保護室みたいでうんざりだ。

「無意識はよくないよ。まずは意識してごらん。例えば……」

おじさんはタバコの煙を目で追いながら、思いつくまま例えを挙げた。例えば、このタバコの中に入っている草は誰が育てたか、どこで採れたか、どうやって運ばれてきたか、体に入れるとどんな害があるか……。私も一緒に想像した。今、私が無意識に手を伸ばしているタバコは誰が育てたのだろう。今朝飲んだコーヒーの豆も、このタバコの草も外国から来たのだろう。きっと途上国の農家が先進国からの低賃金で雇《やと》われているのだろう。もしかしたら、私よりも幼い子どもが農薬まみれになって、必死で育てたのかもしれない。輸送はきっと飛行機ではなくて船だろう。何日くらいかかったんだろう。水や石油はどれくらい必要だっただろう。

ほんの少し意識するだけでずいぶん強くなれたような気がした。私はたった一本のタバコについて、まるで何も知らなかったし、知ろうとする努力も怠《おこた》っていたのだ。けれど〝意識すること〟によって、私は今まで、ただ憂《うれ》いに暮れていただけだということを知った。

「おじさん、家族は?」

「妻と二人家族だよ。どうして?」

「どうして?」と聞かれても困ってしまう。さみしそうだから、孤独に見えるから、とは言えないし。

「なんとなく聞いただけ。別に意味ない」

「たぶん明日来るはずだ。妻が来たら紹介しよう」

次の日、ほっそりとして身なりのきれいな女性がやって来た。

「若い友達ができたんだよ」

おじさんが私を紹介すると、奥さんは笑顔で右手を差し出した。

「はじめまして」

白くてきゃしゃな、きれいだけど冷たい手と握手した。病院のそうじのおばちゃんの黒くてごつごつした労働者の手のほうが、たくましくてかっこいいと思った。その後、おじさんは検査があると言って去っていった。私は奥さんと二人で喫煙所に残された。

「コンプレックスの塊《かたまり》なのよ、あの人は」

奥さんは自分の夫のことを〝あの人〟と呼んだ。とても遠い存在のように聞こえて、なんだかそれだけでかなしくなった。

「あの人は画家でね。私たちは再婚なの。あ、私は初婚だけれど」

奥さんは、聞いてもいないことを一方的にペラペラとしゃべり続けた。本人のいないところで私は話を聞き続けていいのだろうか。私はおじさんと仲良くなったけど、現実的な話はほとんどしていないのだ。

「あの人の前の奥さんも画家でね、とても有名な画家なの。でもあの人は評価されなかった。あの人は自分に自信がなくて、子供もできなかったしね。あの人は劣等感からダメになってしまって、ドメスティックバイオレンスってわかるかしら？　それが原因で離婚になったのよ。あの人は今もコンプレックスの塊なのよ」

自信がなくてコンプレックスの塊……。それなら私もそうだけど、この奥さんは違うのだろうか。前の妻より自分は優《すぐ》れていると言わんばかりのイヤらしい態度こそ、劣等感ではないのだろうか。

「ほんでアルコール依存症になったって言うの」

うんざりする話を終えたくて私が結論を言うと、奥さんは目をまん丸にして凍《こお》りついた。

「あなた、今なんて言ったの？」

「アルコール依存症」

「それ、あの人が言ったの？　本人が言ったの？　あの人が『僕《ぼく》はアルコール依存症だ』って、あなたにそう言ったの？」

奥さんは私をマシンガンのように問いつめた。その時、とっさに感じた。もしかしたら、奥さんは物語を最後まで語り切りたかったのかもしれない。これは会話ではなく、あらかじめ奥さんが書いたシナリオが用意されていて、最後の奥さんの決めゼリフはきっとこうだ。

「あの人はとても世話の焼ける、アルコール依存症なのよ！」

そしてそのあと、観客の私はこう言うのだ。

「大変ですね。そんなに苦労してるなんて！　あなたはとても献身的ですばらしい奥様ですね！」

予想外の展開に、奥さんはしばらくだまっていて、なんとなく気まずい空気が漂《ただよ》った。そして突然、不自然な作り笑顔で私にお礼を言った。

「ありがとう。あなたにここで会えたのは、きっと必然だと思うの。あなたはきっと天使だわ！」

そして、奥さんはカバンの中から手帳とペンを出して、私に書くようにすすめた。

「ここに、あなたの名前と住所と電話番号を書いてちょうだい」

イヤだ、なんだかとても気持ち悪い。私は奥さんではなくて、おじさんと仲良くなったのだ。それに私は天使なんかではない。コンプレックスの塊だとか、天使だとか、ずいぶん勝手だ。だけど、この奥さんの気持ちも少しわかるような気がしていた。なぜなら、おじさんが、自分はアルコール依存症であると認めることは、本当は依存の牢獄《ろうごく》から抜け出して自由に生きたいという心の叫びなのだから。奥さんは、自分がしがみついているものが、うでからするりとすべりぬけていくようで怖いのだろう。独《ひと》りぼっちになるのが怖いのだろう。それを促《うなが》してしまうかもしれない目の前の得体の知れない人物が怖いのだろう。私はだまって、奥さんの手帳に言われたとおりのことを書いた。書いている途中で奥さんがつぶやいた。

「あの人、どうしてあなたには言えたのかしら。自分のこと」

「さぁ」

今度はちゃんと、わからないフリができた。質問の答えは単純だ。それはただ、主語を〝私〟にして、自分の話をしたからだ。私はおじさんに心を開いて〝私〟のことを話した。それに応《こた》えるように、おじさんも〝僕《ぼく》〟の話をすることによって、自分の心を縛っていた苦悩を放《はな》してくれた。

奥さんの主語は〝あの人〟になってしまっていた。おじさんの世話が奥さんの生きがいになってしまっている。けれど、奥さんはおじさんに自分の人生を与えているようで、本当はおじさんの人生を奪《うば》っているのだ。おじさんの人生に不当に侵入して、アルコールのない幸せな人生を生きる権利を奪っている。奥さんはおじさんに依存して、おじさんはアルコールに依存している。奥さんの献身的な世話がある限り、おじさんはお酒をやめられないだろう。

私はこの夫婦の関係性が、自分が子どもの頃にみていた父と母の支配関係と同じことに気がついた。それだけでなく、精神科で出会った過食症の優等生とその教育熱心なお母さんも、薬物依存症の友達とその恋人も、そして私と両親も。みんな、少し似《に》ている気がした。

おじさんが救急車で運ばれてきてから一週間、朝食後はいつもおじさんと二人で朝の一服をした。それも今日でおしまいだ。おじさんは昼に退院する。

「昨夜はよく眠れたかい？」

「私、怖くて寝られへんかった。この部屋で何人死なはったんやろ、って考えたら怖くて寝られへんかった」

「死のうとした人の言うことじゃないね」

おじさんはクスクス笑いながら言った。私もはずかしくなって笑ってしまった。

午後になると、整髪料とメガネで見違えるように身なりを整えたおじさんが、退院のあいさつに私の部屋まで来てくれた。おじさんのとなりには、「私は献身的な良妻です」と顔に書かれた奥さんが笑顔で立っていた。奥さんにつきそわれたおじさんは、入院中よりも弱弱しく見えた。「僕はアルコール依存症だ」とおじさんは私に言った。けれど、愛する妻には言わないだろう。言えないのではなく、言わないだろう。このおじさんは、きっとそんなふうに妻を愛するのだ。

「元気でね」
「おじさんも元気でね。バイバイ」

裏切られるかもしれない恐れを手放す

救急病院では毎日、足のリハビリをした。足の自由を失った私は、〝歩ける〟ということが当たり前ではないということを痛感した。自分の行きたいところへ行くためには、自分の足で歩かなければならない。自分の願望を実現するには、体の協力が不可欠なのだ。たとえそれがささいな願望であっても。「自分の足で歩きたい」その一心で、毎日歩く練習を何時間もした。体は心のメッセージを正確に受け取り、誠実に応《こた》えてくれる。私の足の感覚は少しずつ回復して、紙オムツはポータブルトイレに、車イスは松葉づえに変わった。

そして二週間ほどで退院して、熊本先生の外来に行った。松葉づえをついている私を見るなり「痛々しいなぁ」と熊本先生は嘆《なげ》いた。けれど、診察室に入ると、今までに見たことのない怖い顔で熊本先生は私に言った。

「帰れ。あなたとの信頼関係はもうない」

……もうないということは、先生と私の間には信頼関係があったのか。先生が私のことを信頼していたなんて知らなかった。私は信頼関係なんていうものを信じていない。誰も信じないということを信じて生きてきたのだから。

「ワシはあなたのことを信頼しとった。あなたは、こんなことせん子やと思うとった。あなたのことを元気にしてやりたいと思って処方した薬を、あなたは死ぬために使った。ワシは信頼していた人に裏切られた。ワシのかなしみがわからんのか。帰れ」

その日はそのまま、だまって帰った。夜も眠れずに一人で考え続けた。「信頼関係ってなんだろう。私はどうして大好きな先生のことを信頼できないのだろう。どうすれば信頼できるのだろう。私は何を恐れているのだろう……」

数日後、もう一度熊本先生の外来に行った。また追い返されたらどうしよう、そう思いながら待合室の前でドキドキしながら診察を待った。先生はかたい表情で私の名前を呼んだ。「どうぞ」二人で診察室に入り、ドアを閉めた。

「先生、ごめんなさい」

私は、薬をたくさん飲んだことと、先生の気持ちを考えなかったことをあやまった。「先生のことを信頼するから私のことも信頼して欲しい」とお願いした。

「先生が私のことを診てくれるあいだは、先生をかなしませるようなことはしない。自殺はしない。約束するから私を信じてください」

熊本先生は、しばらくだまっていた。そして、真剣な顔で静かに言った。

「あなたが元気になるまでの間、ワシがあなたを診《み》る。治療を続けるか」

「うん。私、元気になりたい」

先生は私のことを見捨てないと約束してくれた。先生と私はもう一度、治療について話し合った。私にとっての信頼とは、勇気を出して〝裏切られるかもしれない〟という恐れを手放すことだった。先生の言葉を信じてみようと思った。

リストカットを止めてくれた一言

あの頃は必要だった自傷という行為を、私は今、とても悔《く》やんでいる。あれから二十年近くたった今でも、私の両手首には生々しい傷痕《きずあと》が、くっきりと深く刻まれているのだから。熊本先生は、自傷の衝動をおさえられない私をなぐさめるように、いつもこう言ってくれた。

「手首の傷は、いつかきっと、あなたの勲章《くんしょう》になる」

せっかくなぐさめてくれた熊本先生には申しわけないけれど、とても勲章などと呼べる立派なものにはなっていない。傷はあくまでも、ただの傷なのだ。そして、見る側の論理によって、いとも簡単に傷の意味が変わってしまう。私にとっては苦しい記憶がよみがえるかなしい傷。初対面の人にとっては、警戒され、恐れられ、隠《かく》さなければならない傷。少し仲良くなった人にとっては、私の過去にやじうま的な好奇心を持たれ、無神経なうわさの的となる傷。手首の傷はいつの時代もスキャンダラスで、私の望む平凡な暮らしをほど遠いものへと変えてしまう。

リストカットを止めてくれたのは、男子病棟の患者さんの、次の一言だった。


「将来、産まれてくる子どもがかわいそうや。母親の手首に傷があるのに気づいた時の、子どもの気持ちを考えろ」

「私が子どもなんか産むわけないやん。結婚だってしたくないのに」

「いつか必ず結婚してお母さんになる。オレにはわかる。子どもが傷つくからもうやめろ」

そう力強く断言する彼も、私と同じく体だけ大きくなってしまった被虐待児《ひぎゃくたいじ》だった。お互い、そんな打ち明け話などはしなかったけれど、なぜかわかってしまうのだ。彼を最初に見た時、どうしてこんなに健康な人が病院にいるのか、不思議でたまらなかった。病気の人たちの中に、一人だけ健康な人がまぎれ込んでいるように見えたからだ。

「ほんまに病気？」

「自分こそ、ほんまは病気ちゃうやろ。……オレは、薬物依存症や」

そう言うと、彼はだまってしばらくじっと、私の表情を観察していた。そしてそのあと、こわばった面持《おもも》ちで私に質問した。

「オレのこと、怖いか？」

「全然、怖くないよ」

すると彼は、子どものような無邪気な笑顔を見せた。オレのこと、怖いか？　……その言葉は、彼にとって重要な儀式のようだった。その時、私も彼と何かの契《ちぎ》りを結んだような、そんな気がした。

彼は退院してからも週一回、外来に通院していた。通院のついでに病棟に遊びに来る彼にはほかの目的があった。

「手首なんかもう切るな。目立つやろ。オレはな、絶対バレへん場所に注射してる。足の指と指の間や」

そんな空虚な自慢話をする彼は、女子病棟のほとんどの女の子たちを次々に外に誘い出してはセックスした。まるで、そのために病院に来ているようにさえ見えた。そんな彼を私はとても哀《あわ》れに感じた。愛のないセックスは暴力と同じで、心と体をバラバラに破壊していくだけだ。いくら肌《はだ》と肌を重ねても心には触れられないかなしみを、彼はただ深めていくように見えた。

「セックスはな、ほんまに好きな人としか、絶対にしたらあかんで」

まるで鏡に映った自分自身に話しかけ、そして戒《いまし》めるように、彼は私に向かって言う。鏡役の私はだまっていられずに、彼に光を反射させるかのように答える。

「その言葉、そっくりそのまま返すわ！」

自殺では何も解決できない

女子病棟の女の子たちは、彼に誘われるがままについて行き、適当に遊んだあと、病院から処方された薬を愛の証《あかし》としてプレゼントした。私はとてもカンに障《さわ》った。

「そんなん愛じゃないわ！」

「ほな、愛ってなんやねん？」

「……」

考えぬいたあげく、私は彼にはきびしく接するように決めた。

「ルカちゃん、オレいつもさみしいねん。もっとオレに電話してきて」

「イヤや。用事があるほうがかけてきたらいいやろ」

「ルカちゃん、ダルク、ついて来て。一人で行くの緊張する。一緒に来てくれ」

「イヤや。私は薬物依存症と違うから。本気で治す気があるんやったら自分一人で行き」

「なんでいつも、オレにそんなにきびしいんや！」


一方で彼は、年下の患者にとって、めんどう見の良いお兄さんでもあった。学校でいじめにあった中学生や虐待を受けて育った幼い子たちの理解者であり、彼らの話を親身になって聞き、なぐさめ、はげましていた。ある時は、自分のつらい感情を言語化できない被害者の代弁者となって、彼らの親に直訴《じきそ》することもあった。彼の闘志を、私は尊敬していた。彼ならきっと、薬物という怪物にも勝つと信じていた。

彼が私に薬をねだることは一度もなかった。きっとキッパリと断わられると彼自身がわかっていたのだろう。けれど、出会って五年が経った冬の終わり頃、ついにその時が来た。彼の様子はあきらかにいつもと違っていた。入院中の私のお見舞いに来たふりをして、私を人気のないところに誘った。診療時間外で誰もいない外来の待合室のベンチに二人で並んで腰かけるなり、彼は口走った。

「薬くれ」

瞳孔《どうこう》の開いた血眼《ちまなこ》で体を小刻みにブルブル震わせている彼を初めて見た。やはり彼は病気だったのだ。

「何でもいいから薬くれ。セルシンの二ミリ一錠でもいいからくれ」

「セルシンの二ミリなんて、覚せい剤してる人に効くの？　コンビニでラムネ買ってきてあげるわ。ほんでセルシンのケースに入れてあげるわ」

そう言って私は笑ってしまった。彼の表情を見て、笑ったことをすぐ後悔した。血眼には涙が浮かんでいた。

「……ごめん。でも薬はあげられへん」

「……せっかく病院来たんやし、当直の先生に診てもらったら？」

「イヤや。保護室に入れられる」

「でも、しんどいんやろ？　治療受けたら？」

「……オレ、やっぱり今日は家に帰るわ」

この時、彼が治療を拒否したことは彼自身の問題だと思った。彼には決断する権利がある、私はそれを尊重すればよい、そう思っていた。同時に、私が高校で教師に言われた「自己責任」という冷たい言葉が脳裏をよぎった。けれど私はどこまで介入すればよいのかわからなかった。彼もきっとわかっていただろう。薬物依存症は病気であると。そして、治療を拒否するということは、死を受け入れることであると。彼の仲間の多くがそうであったように。

それから数ヵ月後、桜の花が満開の頃、彼は身元不明の遺体として新聞に載《の》った。もし、私があの時、薬をあげていたら、彼はもう少しだけでも生き延びることができたのだろうか。たとえ薬物依存症で本人が苦しくても、一日でも多く長く生きていて欲しいと望むのは、私の利己的で身勝手な願望なのだろうか。

彼が本当に欲しかったものは、愛情だった。それは、孤独感――すなわち、だれも自分のことなど気にもかけてくれていないのではないか、という恐怖やさみしさから解放してくれる愛情にほかならなかった。つまり、薬や体ではなく、心の融合《ゆうごう》だ。肌ではなく心に触れるぬくもりと、自分のことを気にかけてくれる電話の声と、目的地まで並んで歩く一緒に過ごす時間と……。結局、私の理性は彼のためには使われず、私自身を守るための道具となっていた。彼と出逢《であ》い、初めて言葉を交わした儀式の時、私はウソをついたのかもしれない。私は彼を恐れ、彼との間に線を引き、彼と一緒に自分が崩壊してゆくのを防いでいたのだ。幼い頃、手をさしのべてくれなかった冷たい大人たちと同じように。私はただ、彼の助けを求める声に「YES」とだけ答えれば良かったのだ。最後の、薬の要求以外は。

深い自責と後悔の念とともに、お花を持って、彼の部屋に行った。部屋には小さな祭壇《さいだん》と、そこに静かに置かれた小さな骨壷《こつつぼ》があった。私の前に、友達の誰かがお供《そな》えしたらしい、セブンスターと缶ビールがあった。私はその横に持ってきた花を飾った。彼のお母さんは、彼の壮絶な最期《さいご》を、聞いてもいないのに事細かく説明した。現場検証に行った場所の様子から、遺体の損傷具合まで、まるで、ワイドショーで芸能人の自殺現場を興味本位でおもしろおかしく伝える軽薄なやじうまレポーターのように語る。遺族の気持ちに想いを馳《は》せられない、哀《あわ》れな娯楽と化した死の報道。けれど、目の前のこの女性こそが、息子を亡くした母親本人であり、たった一人の遺族なのだ。

最期の様子を鮮明に詳細に聞かされ過ぎた私の脳の中に、見てもいないはずの場面が見事なほどに映像化されては取り込まれてゆく。その記憶は現在も消せないままだ。彼の命日が近づくとフラッシュバックするように突如《とつじょ》、私の額《ひたい》の内側はスクリーンとなり、彼の最期のシーンの上映が始まる。そしてそれは、今も私を苦しめる。

「おだやかな顔してたわ。苦しくなかったと思うよ」

彼のお母さんは、まるで他人事のように、息子の臨終《りんじゅう》の話をしめくくった。苦しかったに決まっている。〝苦しい〟とは〝生きたい〟ということだ。苦しみながら、彼は生きつづけようとしていたのだ。

その後、私は彼の遺品をもらうために、お母さんと一緒に彼の持ち物を整理した。お母さんは私に、彼がふだん身につけていた、私の指には親指でもブカブカの大きな指輪と、ブレスレットを選んでくれた。ブレスレットのサイズが私に合うように調整してあげると言って、ペンチで金具をはずしながら、お母さんは私に言った。

「新聞に載《の》ってドキッとしたわ。そやけど〝身元不明〟って書いてあって、どれだけ安心したか。ママの仕事にさしさわりのない死に方をしてくれて、ほんまに親孝行な良い子や」

「親孝行」「良い子」……。長年、薬物依存症でダメな息子だった彼は、自分の体に火をつけるという、たった一瞬の魔法で親孝行な良い子に変身した。彼が本当に、母親からの承認の言葉を得るために、自分の体を燃やしたのだとしたら、彼の人生は、とても切なく儚《はかな》いものになってしまうように感じて、そのことが私はとても悔しい。実物の彼と、お母さんの求める彼には大きなギャップがあり、それはきっとプレッシャーと呼ばれるもので、その心のみぞを薬物が埋めてくれていたのだろうか。

私には、彼の〝焼身〟という行為は、自由に生きる権利を奪われた者が行う、最後の抗議運動のようにさえ感じられた。その抗議運動の受取人であるはずの彼の母親が発した、子どもの死よりも自己保身を優先する利己的な言葉は、生き残る者たちへの皮肉《ひにく》な教訓になるだろう。

〝自殺では何も解決できない――〟

第6章 二回目の精神科入院、退院、そして再び入院

親から独立するための入院

もうすぐ二十歳になる頃、二回目の入院をした。今度の入院は、計画的に目標を設定して入院しようと主治医の熊本先生が提案してくれた。その目標とは、親から独立すること。そのためには退院までに、仕事と部屋を探すこと。熊本先生の良いところは、常識的な「きれいごと」を言わないところだ。だから、言葉に魂《たましい》が宿っている。口ぐせは、「しにゃあせん（死にはしない）！」

「学校に行かんでも、しにゃあせん！　親を捨《す》てても、しにゃあせん！　人間簡単には、しにゃあせん！」

先生は、シュプレヒコールを唱《とな》えるように繰り返した。

「親に捨てられたからと言って、自分で自分のこと、捨てんでもええじゃろが」
「もうこっちから親を捨ててやれ。あなた一人だけ、幸せになってもええんよ」

仕事を探す前に、中途半端になっている高校に復学しようと思った。高校は結局、二年続けて留年した。その次の年には二十歳の高校六年生の誕生だ。私だけ敬語で話されたらイヤだな、体育なんて一緒にできるんだろうか。それよりもう、女子高生に混ざって体操服を着ることすらはずかしい。

そんなつまらない理由で、通信制に編入した。週に二日、夜の高校に二年間通った。クラスメートにはいろんな人がいた。みんな昼間の高校に行けなかった事情のある生徒たちだ。小学校からグレていて中学も行ってないヤンキー、前の高校でいじめにあっていた不登校経験者、赤ちゃんを連れて通学する十七歳のお母さん、兵役《へいえき》していたため勉強する時間を失ったと話すおじいさん、女性だからという理由で教育を受ける機会を奪《うば》われたおばあさん、被差別部落出身で字が書けないおばあさん、一人ひとりに立派な歴史がある。しかもみんな本気で学ぶ意欲があり、なんとなく学校に通っている退屈《たいくつ》そうな昼間の高校生とは、目の輝きが全然違うのだ。

「私の知らない世界がたくさんあったんだ」という発見と、それを教えてくれる人たちとの出会いに感激した。みんなとても個性豊かだ。しかもそれらの個性は生まれた時に授《さず》かったものではなく、それぞれが獲得した個性なのだ。勇気を持って破壊し創造している人たちには、もはや社会通念や社会慣習の中でたまたま形成された評価基準など必要ない。私は過剰な背伸びも遠慮もせずに、ありのままの自分の能力を発揮しても許される世界に来たのだ。

学習方法も私に合っていた。百点満点からの減点方式型の評価ではなく、みんな初めは0点だ。テストでは「自由に述べよ」という出題がほとんどで、テーマと文字数が決まっているくらいで、あとは何もない。倫理社会のテストの出題テーマは「幸福について」「孤独について」などだった。もちろん正解はひとつではない。すべての答えが正解だ。

先生より年上の生徒もいっぱいいる。だから基本的に先生は生徒に敬語を使う。言葉だけでなくて心から尊敬しているのだ。だから生徒も先生を尊敬する。そして対等な人間関係が築《きず》かれていく。歴史の授業は、最年長のおじいさんの戦争体験談だった。

「当時は戦争反対だなんて怖くて言えなかった。なかでも誰よりも戦争反対だと言えなかったのは、心身に障害や病気があることが理由で兵役の試験に落ちた人たちかもしれない。非国民だとか穀《ごく》つぶしだとか言われることを怖れて、戦争を賛美しなければならなかった。今の時代はすばらしい。自由に発言できるなんて、本当にすばらしい。あなたたち若い人も、もっともっと声をあげて下さい」

自立している人たちに囲まれ、向上心を刺激された私は、すぐに仕事につくことができた。いそがしくなった私は、病院の駐輪場に置いていた自転車をバイクに替えて、職場と学校を行き来した。夜遅くに病院へ帰ると、看護師さんが優しく出迎えてくれた。急いでデイルームに行き、大きなテーブルで一人、ぽつんと夕食を食べていると、そこへ看護師さんが来てとなりの席にすわって話し相手になってくれる。

「うちの息子、言うこと聞かへんで困ってんねん。ルカちゃん、嫁に来て怒ってくれへんか」

「息子って何歳?」

「小学校二年生」

「そんなガキンチョ嫌《いや》や。断わる」

「ほな、ちゃっちゃと食べて、早くお風呂入りや」

……私の敬愛する、白衣の美しいお母さんたち。私もいつか、こんな寛大な母親になれるだろうか。

摂食障害になる

一人で暮らす部屋も見つかり、二度目の入院は短期間で無事に終了した。昼間働き、夜、高校へ行く。そしてワンルームマンションで、一人で気楽に寝る。そんな生活を二年続けた。二重の生活は、気まぐれな私の性格に合っていた。もともと、一つのことに専念することが苦手だ。まるで、せまく深い穴に落とされてしまって、逃げられないように感じてしまう。だから、高校を卒業して仕事だけの毎日になると、私は急に息苦しさ、窮屈感《きゅうくつかん》というストレスを感じ始めた。

仕事は洋服の販売員をしていた。ディスプレイを作ったり、お客さんとしゃべったりするのは得意だった。ただ、まわりに鏡がいっぱいあるのが怖かった。お客さんの帰った売り場で、販売員たちは自分の姿を鏡に映す。そして、誰の足がいちばん細いか比較する。採寸用のメジャーで体中の周囲を測る。足首、ふくらはぎ、太もも、数字は小さければ小さいほど優《すぐ》れている。

新作の服が入荷すると順番に試着する。そして、それぞれの布の余り具合を競《きそ》うのだ。販売員が九号サイズでは失格だ。着ている服を、お客さんが欲しがってくれるには、私たちは七号サイズでなければならなかった。さらに小さい五号サイズなら、モデルやアイドルを見るかのような、羨望《せんぼう》の熱いまなざしが注がれる。

お昼休憩の時も、食べる量を比較する。「食べないからやせている子」、これは当然のことだから評価に値しない。「たくさん食べるのにやせている子」がナンバーワンの勝利者だ。けれど、そんな子は目を充血させてトイレから出てくる。吐いているのだ。お菓子を人にすすめて食べるのをじっと見ている子、これは敵を太らす姑息《こそく》な作戦だ。売り場のほとんどの販売員が摂食障害の予備軍だったように思う。

私は、ほとんど食べなかった。飲み物だけで過ごす日もあった。体重は計るたびに減ってい く。とても楽しいと思った。楽しさにはまってしまった。「食べない」という簡単な努力が、すぐ数字の成果となって表れる、妙な快感にはまってしまったのだ。食べなくても異様に元気で、精神的にも奇妙なほど爽快なのだ。「自分はほかの子にできないことをしている」、そう思っていた。しばらく食べない日が続くと、今度は急に食べたくなってくる。ジャンクフードのようにカロリーが高くて味の濃いものが無性に欲しくなる。「食べても吐けばいい」と最初から吐くつもりで、大量を大急ぎで食べる。体が食べ物を少しも吸収しないようにと、大急ぎで食べて、すぐにすべて吐ききる。それでも、入院中に摂食障害の患者さんを見ていた私は、あんなふうにはならない、コントロールできる、いつでもすぐにやめられるといううぬぼれがあった。その反面、病気になってしまえば、母に看病してもらえるかもしれない、今度こそ子どものように甘えさせてもらえるかもしれないという、儚《はかな》い幻想を抱いていた。つまり職場や体重計やメジャーは、摂食障害になるための単なる引き金に過ぎなかった。

ある日、ふと、石川先生に会いたくなった私は、バレンタインのチョコレートを持って診療所へ行った。石川先生は鋭い眼つきで私の頭のてっぺんから足の先まで、じーっと見て、きつい声で言った。

「チョコレートは女性が男性に渡すものや。今のルカちゃんは男になってる。なんでそんなやせたんや。どっちや、食べてないのか、吐いてるのか」

急に問いつめられて驚きながらも、正直に答えた。

「……どっちも」

すると石川先生は、はぁーとため息をつきながらイスから立ち上がると、本棚から一冊の本を取り出し、私に差し出して言った。

「この本、持って帰れ。ほんで熊本先生と一緒に読め」

本のタイトルは『食べたい！　でもやせたい！』と書いてあった。

「イヤや、こんな気持ち悪い本読みたくない、怖くて中を見れない」

「摂食障害の患者はみんなそう言う。その気持ちが今、あなたに治療が必要な証拠や。一人で困ってるから先生のとこに来たんやろ」

私は自分でも気づかなかった内心をまんまと見抜かれてしまった。ずっと一人で抱えていた秘密が上手にバレて、少し肩の荷が降りたような気がした。けれど、その本は読まなかった。健康になるのが怖くて、向き合えなかったのだ。健康になれば、結婚して子どもを産むという未来をつくっていかなければならない。適齢期になれば結婚をして子どもを産み育てる。それは、社会が女性たちに無言で押しつけてくる「理想的」とされる生き方だ。けれど私は、そんな未来像を描いたことなど、今までなかった。「虐待の連鎖」を恐れる私は、未来など描いてはいけなかったのだから。

八十歳の体

吐いてばかりいると、そのうち体がボロボロになっていった。体のあちこちが痛い。いつもノドが焼けている。みぞおちが刺すように痛くて、勝手に胃酸がノドまで上がってくる。胃酸によって溶《と》けた歯には虫歯がたくさんできて、前歯の根元に穴が開く。肌も乾燥してかゆいし、髪もパサパサしてよく抜ける。生理はもちろん止まっているし、息をするのさえつらいときもあった。それでもなんとか、仕事はできていた。本心では、もうつかれた、早く倒れてしまいたい、そう思いながら、毎日八時間、ずっと立ち続けていた。

そんなある日、カゼをひいた。そのカゼが、不思議なくらい、いつまでたっても治らない。咳《せき》がずっと止まらなくなってきた。近所の内科に行くと、すぐに告げられた。

「今から入院してください」

「えーなんで、カゼで入院？」

すると、医師が不思議そうに私にたずねる。

「しんどくないんですか？」

「そんなにしんどくありません」

私の返事に首をかしげながら、医師は言う。

「大変失礼ですけど、あなたの体は八十歳ですよ。水分と酸素の量が八十歳の平均値しかありません。これ以上動いたらだめです」

そう言われて、酸素マスクをつけられた。その後、医師は看護師を二人連れて来て、深刻な顔で言った。

「今から動脈中の酸素量を調べます。そのために動脈を切りますが、いいですか？」

「……はい」

自分で手首を切る時には、怖いと感じたことなどなかったのに、他人に「動脈を切る」と言われると背筋が寒くなった。二人の看護師が私の両脇にスタンバイすると、医師はヒジの内側の血管をメスで切った。

「押さえて！」

医師の指示とともに看護師はガーゼを切り口に当てて、二人がかりで力いっぱい押さえた。動脈の酸素量を測定した医師はため息をつきながら私に言った。

「はぁー。残念ですけど、やはり八十歳ですね」

「男だとか、八十歳だとか、どいつもこいつも好き勝手なこと言いやがって」そう思いつつも、健康体でなくなっていくことは、大きな不安と少しの安心と自己否定が混在する、奇妙で不思議な感覚だった。医師は怪訝《けげん》そうに、私の体型を見ながら言った。

「あなた、すごくやせてますけど、ちゃんと食べていないんじゃないですか？　食べ物の約七十パーセントが水分です。いくらお水を飲んでも足りません。食事を通して必要な栄養をとってください。そしたらあなたの気道の炎症は治まります」

入院した部屋は大部屋で、私以外は全員おばあさんばかり。おばあさんたちはみんな、骨と皮だけの体をベッドに横たえ、口をポカンと開けて、うつろな目でボーっと天井を見ている。看護師さんに話しかけられても、「はあ」としか返事できないようだ。この絵は、子どもの頃、祖母が息を引き取った病院で見た光景と一緒だ。排泄物《はいせつぶつ》と消毒薬が混ざった、ツンとした独特なにおいのする部屋。もうすぐ死ぬ人たちの部屋。そこに二十一歳の私が同居している。それは保護室よりも、ずっとずっと怖かった。

「もうあかん、こんなとこにいたらあかん、ちゃんと治そう」

固い決意と一緒に、石川先生にもらった本を旅行カバンに入れて、またまた精神科へ入院した。でも今度の入院はショックだった。なぜなら私は一度、しっかり回復していたのだから。十代での入院中に、たくさんの人からの愛をたっぷり受けとって、「もう大丈夫です。ありがとう」と言って病院を出た。それなのに私は、今度は自分から進んで病気になってしまったのだ。看病によって母を独占したいという甘えと、健康な未来をつくる恐怖が重なり、病気に逃げ込んでしまった。自己嫌悪の塊《かたまり》だ。「私は弱い。ダメだ。情けない。はずかしい」、そんな気持ちに押しつぶされそうだった。

入院中は食事を三食きちんととる。三食ゆっくり時間をかけて食べるだけで、夜中の食べたい衝動は治まっていった。そういえば、子どもの頃から、落ち着いてゆっくり食事をしたことなんてなかったし、「おいしい」と感じたこともあまりなく、「食べなければだめだ。栄養、栄養」と、まるで燃料補給のように、食べ物を口に入れていた。家族が集まる食卓は、両親の不仲ばかりが気になるイヤな時間だった。食事に対して、イヤな思い出や良くないイメージを持っていることに気づいた。その気持ちを診察の時に話すと、熊本先生がこんな提案をした。

「いつか、自分のために自分で料理をして、自分にごちそうを用意できるようになろう。子どもの頃に親にしてもらいたかったことを自分で自分にしてあげよう」

ステキなアイデアだとは思えなかった。私がずっと欲しかったもの、つまり子どもの頃に親にしてもらいたかったことは、「これから先も求めても得られないよ、もうあきらめなさい」、そう言われているように感じてしまった。いま私が感じたことが、先生の言わんとしたことかとたずねると、「まあ、そういうことじゃ」と気の毒そうに熊本先生はうなずいた。ありがたくてぽろぽろ涙がでてきた。熊本先生はいつも、本当のことを話してくれる。それはきっと、大きな勇気と責任のいることだ。

今までどれだけ世間のきれいごとに傷つけられ惑《まど》わされただろう。「子どもを愛さない親はいない」「子どもは親孝行しないといけない」「親子の縁は切れない」、そして極《きわ》めつけがこれだ。「虐待した親を赦《ゆる》しなさい」。

謝罪もないのに、どうして赦すことができるのだろう。救いの手をさしのべてくれなかった人ほど、赦すことは愛だという。それは、自らは経験せずに客観性ばかりが強くなっている傍観者の戯言《たわごと》だ。当事者の私は断言できる。憤《いきどお》りこそ愛なのだと。怒りは憎しみの表現行為ではない。純粋な怒りは愛の表現行為だ。

いいかげんは〝良い加減〟？

病室は、私の希望でトイレの真ん前の部屋にしてもらった。目の前にトイレがあっても吐かずに治療をやり遂げる、私はそう意気込み、「入院中、病院のトイレでは絶対に吐かない」と熊本先生に決意を表明したからだ。でも熊本先生は、「まあそう言わず適当にやれ。完璧《かんぺき》にやろうとしてあなたはいつも失敗する。吐いてしもうても仕方がない」と言って、「吐いたら歯みがき！　トイレそうじも忘れずに！」と、また変なスローガンを立てた。

この先生は、どうしていつもこんなにいいかげんなのだろう。私がまじめになればなるほど、熊本先生は適当なことを言っておちゃらける。「もうイヤだ。無神経だ。人の苦しみをなんだと思っているのだ」、そうベテランの男性看護師の山ちゃんにグチをこぼすと、優しく諭《さと》された。

「あなたはまじめすぎる。おまけに、悩み事の天才や。いいかげんっていうのは、ちょうど〝良い加減《かげん》〟ってことや。適当でええねん。熊本先生を見習ったらええねん。あんなったら楽やで」

当時、私には意味のつかめない言葉がたくさんあった。「楽に生きる」「いいかげん」という言葉もそのひとつだ。幼い頃からいつも極限状態にいた私は、いつのまにか逆境に強くなっていた。すぐに火がつき、瞬時にメラメラと燃え上がってしまうクセがついているのだ。父になぐられ反撃するとき、母を守らなければならないとき、戦闘態勢に入ると、私はいつもより力がわいて生き生きとして元気だった。

いつも全力で一生懸命頑張らなければならなかった私には、「楽に生きる」とか「いいかげん」という状態がイメージできないのだ。「リラックスする」「自分を大切にする」「自分のお世話をする」「無理をしない」「つかれたら休む」……、どの言葉も、私にとっては経験がないものばかりで、本当にチンプンカンプンで理解できなかった。みんなが子どもの頃に自然に習得してきた感覚が、私には身についていないのかもしれない。そう気づいても、今からそれをどうやって学べば良いのかすら、わからなかった。

生命はいつも完成している

そんな悩みを抱えている時、病棟の中を散歩していると、偶然、心理テストをする部屋の前を通りかかった。心理の先生が私に手招きするので部屋に入ると、きれいな透明のびんにさした観葉植物が飾ってあった。淡い黄緑の斑《ふい》入りのポトスには小さな新芽がついていて、それはつやつやして柔《やわ》らかくてかわいい赤ちゃんの手のようだった。先生は大事に育てたそのポトスを、半分くらいにハサミでチョンと切って、「育ててみたらどう？」と私に差し出した。植物など育てたことがなかった私は心配になって、「枯らしたらかわいそうやからいらん。どうやって育てたらいいのかわからん」と断わると、「考えなくていい。水にさして、ベッドの横に置いて、毎日眺めてたら、そのうちわかってくるから」となかば強引に手渡した。

病室に戻り、早速ベッドのそばの台に植物を飾ってみる。窓からの光が射《さ》して透きとおったびんの中でキラキラしていた。一輪の可憐《かれん》な緑が、白いカベと白いベッドに彩《いろどり》と息を吹き込んで雰囲気《ふんいき》をやわらげてくれた。教わったとおり、あまり考えずに毎日眺《なが》めていると、植物が私に話しかけてくるように感じてくる。その声を感じたときにだけ、水を換えたり葉をみがいたりしていた。しばらくすると、澄《す》んだ水の中に白いヒゲのような細い根を見つけた。赤ちゃんの手のようだった新芽も、かたく大きくなってきている。毎日そばで見ていると、だんだん愛らしく感じてきて、「もっとかわいがろう」「大事にしよう」という気持ちがわいてきた。びんにリボンを結んだり、水の中にビー玉を入れて飾ったり、スケッチしたり写真を撮ったりして、植物と私は一緒に楽しんだ。

「かわいがる」「大切にする」「お世話をする」……欠落していると思っていたその感覚が、私の中にもあったのだと気づいて安心した。それは他者から与えられたり、自力で努力して獲得したりするものではなかった。もともと私の中にも備わっていたものを、植物が優しく目覚めさせ、おだやかにみちびき出してくれた。まるで土の中に眠っていた種が、静かに芽吹くように。

数日経ち、根が張り茎《くき》も伸びてくると、下のほうの葉は緑から黄色、黄色から茶色に変わり、ひらひらと静かに落ちてゆく。生命力を失い床に落ちた葉には何も欠けたところがなく、存在そのものが完成していた。赤ちゃんの手のようにかわいい新芽も、強くたくましい大きな葉も、茶色く枯れた落ち葉も、どんな状態でも植物はパーフェクトだ。人生をみずから途中で終えてしまったと思っていた友達の生命も、もしかしたら未完成ではなかったのかもしれない。

生きるのをやめたい

入院して三ヶ月が経ち、病院食を吐かずに食べられるようになると、退院が決まった。退院して、一人の部屋に帰る。一人・さみしい・退屈……。これだけの条件がそろうと、私の思考は「食べること」しか考えられなくなる。食べて吐いて、倒れるように寝て、朝起きられない。自分では何も生み出さないのに、食費と医療費ばかりかかる私は、価値あるものを食いつくす、無価値な怪物のようだ。

「一人でさみしい……。家に帰りたい……」

でも、ふらっと家に帰ると家族は険しい顔をする。私が帰って来ると一晩で家中の食べ物がなくなる、トイレが汚れる。「吐くなら食べるな」と言われる。私そのものが、まるで汚い嘔吐《おうと》物《ぶつ》の塊《かたまり》であるかのような、そんな目で見られているような気がしてくる。

「こんなに汚い私はもう、これ以上生きていたらだめだ。もう生きるのをやめたい」

その頃は、抗うつ剤を飲んでいた。一日三回と寝る前に、錠剤を見るたびに妙な考えが浮かんでくる。

「これを一度にたくさん飲んだらどうなるんだろう。もう目が覚めなくなるんだろうか。抗うつ剤は元気になる薬だ。もしかしたら、目が覚めた時、新しく明るい人生がはじまるんじゃないだろうか。そんなわけない、なんてバカげた発想だ」

そういつも受け流すようにしていた。そして何よりも、十九歳のあの日、私は熊本先生と約束したのだから。熊本先生が私を信頼して処方してくれた薬を自殺に使うわけにはいかない。それでも薬を見るたびいつも、このバカげた考えが浮かんでくる。

金曜日の夕方、気がつくと目の前に薬の空のシートだけが残っていた。いつのまにか、薬をまとめて飲んでしまっていた。「私、どうなるんだろう、もしかしたら、今度こそ本当に死ぬかもしれない……」自分がどうなるのか、知りたくて病院に電話をかけた。

「もしもし」

受話器から聞こえたのは、大好きな茨城先生の声だった。こんな人がお父さんだったら幸せだったろうな、いつもそう思っていた茨城先生が電話に出た。

「なんや、どうしたんや」

いつもの優しい声だ。私は、薬を飲んでしまったことを告げた。

「吐いて！」

あの声を忘れることはないだろう。いつもの優しい声ではなく、絶対に逆らってはいけない、強い力を持つ声だった。今、この声に逆らえば、きっと私は死ぬのだろう。それがわかると、不思議なくらい、冷静で落ち着いた気持ちになった。

「吐いて！　すぐ吐いて！」

「いつ飲んだかわからん。もう吐けへん」

「今すぐ病院に来て！　すぐに来て！」

茨城先生の言葉で私の心は救われた。「すぐに来て！」と言った茨城先生は、私の生死をまるごと受けとめようとしてくれている。茨城先生の顔が浮かぶ。今すぐ飛び込んでしまいたい。けれど、もう病院に行く元気などなかった。「最期《さいご》に茨城先生の声が聞けてうれしいな。神様からのプレゼントかな」、そう思いながら、パジャマに着替えて布団《ふとん》に入った。布団の中で目を閉じて、亡くなった友達のことを思い出していた。

「朝起きたら冷たくなっていた、大好きなあの子と同じように死にたいな……」

誕生

目が覚めた場所は、見なれた病院の観察室の中だった。私の右側にだれかいる……。茨城先生だ……。ああ、私は死ななかったのか。茨城先生が助けてくれたのか……。当直の日に患者が運ばれてくるなんて運の悪い先生だな……。でも、私は茨城先生がそばにいてくれてうれしかった。目を開けて最初に見えた人が茨城先生で、とても安心した。

「なんでこんなことしたんや」

茨城先生はかなしそうにつぶやいて、しばらくだまったまま、私のそばに一緒にいてくれた。

茨城先生はとてもつかれていた。ほとんど寝ていないような顔色の悪さは医師というより患者のようだった。私は今でもときどき、死にたくなるときがある。そんなとき、脳裏《のうり》によみがえり、私を生かしつづけてくれているのが、あの時の茨城先生の顔だ。献身的に治療をした崇《すう》高《こう》な医師の顔。優秀な精神科医にはきっと、意識を失っている患者の心にさえも届く祈りの力があるのだ。救急病院の機械的な治療では、きっと私は命を落としていただろう。

眠りからさめて茨城先生の顔をみて安心した時、私は〝誕生〟したような感覚を味わった。まるで二十二年間もの間、苦しい陣痛に耐えてきて、難産の末にようやく生を受けたような気がしたのだ。

看護師さんが、「今は日曜日の夜だよ」と教えてくれた。

「あなたとの電話を切った後、茨城先生は処置の準備をして待っていた。でも、あなたがいつまでたっても来ないから、あなたの実家に電話をした。誰も出ないから留守電にメッセージを残しておいた。留守電のメッセージを聞いたお父さんが、あなたをおぶって来た。お父さん、泣いてたよ。「なんでうちの娘はこんなに軽くなってしまったんや」って言うて泣いてたよ。ベッドに運んだ時、もう体が冷たくなってた。もうあかんかもしれんって思った、助かって良かった、死ななくて良かった」

その晩は観察室で泣いて過ごした。看護師さんが来て「もういいから。何も考えたらあかん」と言った。明日は月曜日だ。熊本先生が病院に来る。何と言ってあやまれば赦《ゆる》してもらえるだろう。私は熊本先生との約束を破ってしまった。

もう一度信頼される人になりたい

月曜日の朝、観察室のカーテンを勢いよくシャッと開けて、熊本先生が明るい声で言った。

「よっ！　管人間《くだにんげん》！」

熊本先生の顔を見たとたん、涙がぽろぽろあふれて何も話せなくなった。前の晩に一生懸命考えていた謝罪の言葉があったはずなのに、そんな言葉はどこかへ飛んでいってしまって、三年前に熊本先生と約束した時のことを思い出しては、涙が止まらなかった。そんな私を見て、先生は優しくなぐさめてくれた。

「ま、気にするな」

熊本先生は今度は一言も怒らなかった。

「気にするな。もう気にせんでええから。つらかったな……。おい、それより、三途の川見たか？　渡りかけとったらしいやないか。帰って来れて良かったな」

そして、「今回は本当に危なかった。死ななくてよかった。助かってよかった」と何度も言ってくれた。

数日後、熊本先生に聞いてみた。

「先生、患者さんが自殺しても仕事できるの、どうして？」

「あのな、葬式で喪主《もしゅ》がかなしんどられんじゃろが。それと一緒じゃ。ワシのこと、冷たい奴《やつ》やと思うとるかもしれんけどな、ワシは医者やからのう。自分の患者が死ぬことは覚悟しとるんよ。かなしみは後からじわじわくるわ」

そして、熊本先生は私の顔をじーっと見た。

「あなたのことも、腹くくっとるから」

それはとても衝撃的な言葉だった。私の感情はまず〝怒った〟。「なんて失礼な医者だ！　私が死ぬことをこの人は想像したことがあるのだ！　医者が先にあきらめるなんて許せない！」

次に〝怒り〟の下に隠《かく》されていた〝かなしみ〟が顔を出してきた。「あぁ、情けない。きっと私が約束を破ったからだ」。先生と私は一緒に治療すること、死なないことを約束していたのに、私は先生にとって約束を守らないウソつき人間になってしまったのだ。

そして最後は感情ではなく意志がわいてきた。私はもう一度信頼される人になりたい。「あなたが死んだらかなしい」と言ってくれたあの言葉を、疑わずに素直に信じてみよう。

父の孤独な背中

二十歳で一人暮らしを始めてから丸二年が経った春、私は六年かかって高校をようやく卒業した。販売員の仕事も二年続き、一時的に順調で落ち着いた毎日を過ごしていた。その頃、福岡先生は病院を退職して、クリニックを開業した。すると熊本先生が私に言った。

「あなたのお父ちゃんでも、福岡先生の言うことやったら聞くはずや。行こうって誘ってみるか。必ず行くと思うで。お父ちゃん自身が悩んどるから」

ちょうどその頃、実家の母から電話がかかってきて、父の様子がおかしいから帰ってきてほしいと頼まれた。当時、父は霞ヶ関に単身赴任していて、ひと月に二泊だけ、家族の暮らす自宅へ帰ってきていた。私も離れて暮らす父のことをいつも心配していた。いつ過労死してもおかしくないような激務に耐《た》えられるのだろうか。一人暮らしのさみしさで自殺するのではないだろうか……。

実家に帰って様子を見ると、確かに父は悩んでいるようだった。「殺してくれ！」と突然叫ぶこともたびたびあった。私がお酌《しゃく》をすると、酔った父は弱々しく本音をポツポツ話し始める。

「二十歳頃のことや、もう死にたいと思った。自殺する前に教会に行ってみようと思った。今生きてるのは牧師さんのおかげや。お父さんはな、ほんまはエリートと違うんや。国家公務員にはⅠ種とⅡ種があってな、お父さんはⅡ種なんや。お母さんはお父さんのことを何にも知らんし知ろうともせえへん。お母さんは何にもわかってくれへん。そやのに結婚してしもたから子どもらに苦労かけた、悪かったな。〇〇省と〇〇省の間の渡り廊下《ろうか》が怖い、自殺の名所なんや。霞ヶ関には自殺の名所がいっぱいある。一人で東京帰るのイヤや。一人で帰ったらさみしくて自殺しそうになる。あんた、一緒に来てくれへんか。そうか、イヤか。ほんならええ。宿舎にかわいいヤモリがいるし、そいつにしゃべるわ……。ほんなら今度、ヤモリ　見に来いひんか……」

「お父さん、私は娘なんやで。妻でも愛人でもホステスでもないんやで。気持ち悪い話、せんといて」

「すまん。あんたが一番優しいからや。あんたが一番、お父さんの気持ち、わかってくれるやろ」

切なそうな声で娘にぼやく父は、まるで娘の私に母性を求めているようで不潔で卑怯《ひきょう》だと思った。あんたが一番と言われると母に少し申しわけないような、汚れた秘密を持ってしまったような、父と娘ではなくなってしまったような、おぞましい気持ちになってしまうのだ。

それに私たちには共通点がある。同じように思春期に悩み、自殺を考えた。娘は精神科に行き、父は教会へ行った。この後が大きく違っていて、娘は大人たちから「あなたはいい子だ」と肯定され癒《いや》される。父は「私は罪人です」と牧師に告白した。そして信仰を持ち、救われたのだと本人は言う。けれど本当に救われたなら子どもをなぐるはずなどないのだ。

次の朝、単身赴任先に帰る父を見送る時に、私は軽くはげました。

「渡り廊下《ろうか》のこと、気にせんときや」

「何の話や。誰に聞いた。絶対人に言うな」

酒を飲みながら娘にぐちる情けない父親は、守秘義務を忠実に守る、涙ぐましいほど立派《りっぱ》な官僚の姿に戻っていた。私は、父の孤独な背中に向かって声を発した。

「お父さん、福岡先生って覚えてるやろ。お父さんのこと、診てくれるって。行ってみる?」

父は振り返り、即答で「YES」と言った。しかし、そのあと少し躊躇《ちゅうちょ》して、私が一緒についいて来てくれるなら行ってみてもいいと言った。どうして私なんだろう、どうして母が一緒に行かないのだろう……。私はモヤモヤした気持ちになった。けれど一歩前に大きく進めることがうれしくて、初診はつきそって、父娘二人で受診した。私は、仕事を早番で上がり、仕事帰りの父と待ち合わせをして、二人で一緒に福岡クリニックへ向かった。まるでデートみたいで気持ちが悪い。初診だけつきそって、さっさとこの用事を終わらせたい、そう思った。私が二十二歳のことだ。

福岡クリニックに着き、問診票に記入していると、突然後ろから目隠しされた。

「だーれだー？」

声の主はすぐにわかった。私の大好きな看護師さん、秋田さんだ。秋田さんには看護師さんの中でも特に迷惑をかけた。リストカットの傷が深いときには、外科病棟まで十分ほどの道程をしっかり手をつないで一緒に歩いてくれた。婦人科の病気になってしまって、どうしようか悩んでいたときにも、秋田さんにだけは本当の話ができた。

目隠《めかく》しをはずして振り返ってみると、秋田さんは笑顔で泣いていた。そして私を力いっぱいギューっと抱きしめてくれた。そのまま私の頭を両手でぐちゃぐちゃにして、ぽろぽろぽろぽろ涙をながしながら、私の頬《ほお》を温かい手のひらで大きく包んで、涙声でささやいた。

「あなたは、ほんまに親孝行なええ子やな。今日までよう頑張ったな。ようここまでお父さん、連れて来てあげたな。もう安心して、福岡先生に任せような」

それから、私を最初に見た日のことから今日までのことをなつかしそうに語ってくれた。

「大変やったな、しんどかったな、この人の人生はどうなるんやろう、これからどうやって生きていくんやろうと、心配で心配でたまらんかった。私もな、若いときはあなたみたいにまっすぐな人やったんやで。だからまるで自分のことのようにうれしい」

小さい頃からずっと耐えてきたことなんてもう、すべて報《むく》われた！　そう思って私もわぁんわぁんと泣いてしまった。

二人で一緒にたくさん泣いた後、秋田さんは一区切りつけたように、こう切り出した。

「これからは、あなたはあなたのことを考えるんやで。わかるか？」

急に怖くなった。私はもう、ただ私なのだ。もう私には何もついていない。ついていたものがはずされたのだ。これから何か都合の悪いことが起こっても、もう誰のせいにもできない。それは、無防備で恐ろしく足がすくみそうな世界に、たった独《ひと》りで入ってしまったようだった。

とても怖いけれど、私はこれから、私の世界を少しずつ創《つく》っていくしかないのだ。

力尽《つ》きる

福岡クリニックに通いだした父は、やっとのことでせまい水槽から広い海に出られた魚のように、自由に生きられる人に変身した。ようやく窮屈《きゅうくつ》な鎧《よろい》を脱ぐことができたのだ。自分には感情があることや、その感情を自分のために使っても許されることを学んだのだと思う。気分転換がとても上手くなったし、笑顔も増えた。自分以外の人の気持ちにも敏感になり、尊重してくれるようになった。父が楽に生きられるようになって本当に良かったと心から思っていた。

けれど甘かった。母は何も進歩していないからだ。母は父と一緒に通院することをかたくなに拒否した。自分はおかしくないから、精神科へは行かなくて良いと言うのだ。けれど、相変わらず気弱でおどおどした母の態度が、父の横暴さを誘発するのに時間はかからなかった。父が悪者でい続けてくれるほうが、母にとっては都合が良いように見えた。家族の問題は、誰か一人に原因があるのではなくて、関係が病んでいることから起こるのだろう。

福岡クリニックに通院し始めた頃の父は、「福岡先生に「スパルタ教育って何ですか?」って質問されて答えられへんかった。スパルタ教育は虐待らしいわ」そうはずかしそうに言って反省しているように見えた。通院中、父は先生にすすめられて家族療法の本をたくさん読んでいた。そして、大人になってから自分が築いた家庭ではなく、自分が育った家庭、つまり自分の子ども時代のことを回想して気持ちを整理したそうだ。「お父さんってな、アダルトチルドレンって言うねんて。大人やのに、チルドレンやて。かなわんわ」父と娘で一緒に笑ったこともあった。

私も家族療法の本を読んでみた。本によると、アダルトチルドレン（ＡＣ）とは、「子ども時代を機能不全家族で育ったために、生きづらさを抱えている大人」のことをいうらしい。私は複雑な気持ちになった。確かに、父の育った環境は機能不全の状態だったし、私はそのことに同情している。

父本人は、自分がＡＣであることをどう受けとめているのだろう。もしかしたら、父の心を不自由に縛《しば》るものが、新たにひとつ増えたのではないだろうか。私は父に烙印《らくいん》を押してしまったのではないだろうか。私は父に罰を与えたかったわけではない。幸せに生きられるようになってほしい、そう願っていた。父の精神科受診によって、家族の中で起きていた「悪者探し」はいったん収束《しゅうそく》していた。

けれど、治療が終了して三年ほど経つと、驚きの発言に変わってしまった。

「なぐったことなんか一回もない」

私は逆上してしまった。あれだけ毎日のように起こっていたことが「一回もなかった」だなんて。そう私が抗議すると、吐き捨てるように父が言い放った。

「それは、あんたの病気や。障害や。なかったことが本当にあったように感じる病気なんや」

私はもう力尽きてしまった。かなしいとか空《むな》しいとか、どんな感情も形容詞もあてはまらない。ただただ、力が尽きてしまった。そしてそれ以来、実家に帰ることも、父に会うこともなくなった。

孤独な足かせ

医療者にとって、診断することは始まりかもしれない。けれど告知された患者にとっては、ときに終わりを意味することになるだろう。私は家族の代表として精神科に足を運んだにすぎない。重たい扉を開けることができる、家族で一番の力持ちだったからだ。

私が育ったような家庭では、必然的に、人はどちらかの選択を迫られる。自分が生き延びるための手段を選ばなければならなくなるのだ。それは「考える」か「考えない」の二択しかない。おまけに「考えない」に関しては、「まったく考えない」状態のことを指す。どちらも

「ほどよく」という選択肢はない。私は家族の中でたった一人、「考える」を選んでしまった。

きっと私は、家庭に波風を立てる厄介《やっかい》な人物だろう。どうしてなぐられなければいけないのか、どうして悪くないのにあやまらないといけないのか、そんな素朴な疑問でさえ、いちいち考えるなと家族は言う。それなら、魔女狩りのように、私一人を捕《と》らえて、処刑にすれば問題は解決するのかというと決してそんなことはない。排除は真の解決方法ではないからだ。

いつの時代も、どんな場所でも、問題を明るみに出す役目の人がいる。そんな人物に診断名がついてしまうと、本当は家庭の問題、社会の問題であるはずのものが、まるでゴミ捨て場のように、個人の問題へと押しつけられてしまう。そして、せっかく立ち上がった勇者の足には、孤独と疎外感という、深刻で重い足かせがつけられてしまう。虐待をうけた子どもに病気だとか障害という診断を下すことは、その人を二重に苦しめることになるだろう。そのようなことは、いじめや性被害にあった人たちに対しても同様にあてはまる。「なぐったことなど一回もない」と事実を曲げたその言葉よりも、〝病気という烙印《らくいん》〟を私一人に押しつけて、自分はまともだと言って逃げる、父の卑怯《ひきょう》さが腹立たしかった。大人の暴力こそ、子どもの病気や障害以上に大問題であるはずだ。

障害とはいったい何だろう。誰のものなのだろう。入院中、理想の未来像を見た。歯の治療で口腔外科を受診した時のことだ。となりのベッドで、男子病棟の患者さんが横になっている。大阪弁でいつも明るく笑うおじさんだ。ニカッと笑ったときに、歯が全部ないのが印象的なおじさん……。「あれ？　歯がない人が、どうして口腔外科に来ているのだろう」不思議《ふしぎ》に思った私は耳を澄《す》まして会話を聞く。歯医者さんも、歯のない口を「あーん」と開けられて、とてもとまどっているようだ。

「えーっと、今日はどうして受診されましたか？」

「はあ。幻聴が行けって言うたから来ましてん」

あっけらかんと答えるおじさんに、歯医者さんはとてもスマートで紳士的に応対した。

「わかりました。それでは診せてもらいますね。……はい、とくに問題はないですよ」

「そうでっか。おおきに」

歯のないおじさんは、安心と満足の笑みを浮かべて帰って行った。その自然に流れるような光景をとなりで見ていて、心がほんわかとゆるんだ。歯医者さんとおじさんの間に〝障害〟という名のカベはなかった。何にも妨げられない、とてもスムースな美しい流れがあった。障害と診断されたものだけが、孤独な思いでハンディを背負う必要はないのだ。

心がなくなっていく

精神科に入院してから、たくさん人が死んだ。ほとんどが自殺だ。「〇〇ちゃんが飛び降り自殺した」そんな衝撃的な知らせにも、だんだん何も感じなくなってくる。私の心はどうしてしまったのだろう。仲良くしていた人が死んでもかなしくもさみしくもない私は、冷淡な人になってしまったんだろうか。そんな恐れを打ち消したくて、何も感じない自分の罪を軽くしたくて、お供《そな》えのお花を贈る。お線香をあげて祭壇《さいだん》にある白い骨壷《こつつぼ》をみても、やはり何も感じない。しかも、「あんなに大きな体がよくこんなに小さな箱に入れたものだ」と不気味《ぶきみ》な考えが浮かんでくる始末だ。

いったい私の心はどうしてしまったんだろう。どんどん感情がマヒしていくようで怖かった。そして、そんなことが何度も何度も繰り返された。友達が次々に死んでゆく。友達が死ぬたびに、私の心も死ぬような気がした。おまけに、生きている自分のことが、卑怯《ひきょう》なずるい人間のように思えてくる。

「友達は死んでゆくのに、どうしてあの時、私は死ななかったのだろう。このまま生きつづけて良いのだろうか。それは赦《ゆる》されることなのだろうか」

第7章
摂食障害克服、そして出産へ

外来病棟の明るく美しい光

いろいろなことにつかれてきた。若い人が次々死んでゆく世界では、なんともいえない悲壮《ひそう》感《かん》がただよっている。やはりここは病院なのだ。私も次第に、十代の頃のようなひたむきさも失われて、ただの病人になってしまっていた。「居心地が良くなってはいけない」「病院の子になってはいけない」「友達を作ってはいけない」、そう先生たちから忠告されていた意味がようやくわかり始めてきた。十八歳で入院した私は、その後、入退院を繰り返し、気がつくと二十四歳になってしまっていた。新人の看護師さんが自分より年下になり、今度は研修医までがそうなってくるのだ。社会から取り残されてゆく不安を感じずにはいられなかった。

ちょうどその頃、熊本先生も茨城先生も体調を崩して病棟を休みがちになっていた。でも私にはもう一人、ひそかに頼りにしていた先生がいた。その先生は徳島先生という。いつ家に帰っているのだろうと不思議に思うほど、朝早くから夜遅くまで病院にいて、いつも詰所の真ん中で立ったままカルテを見ている。目が合うと静かに微笑《ほほえ》んでくれる、まるで街角のお地蔵《じぞう》さんのような安心感を人に与える、おだやかだけどとても存在感のある先生だ。

　徳島先生との初対面の時の会話を、私は今でもよく覚えている。初めて入院したばかりのころ、高校三年生だった私は女子病棟の詰所の中で立っていた。すると向こうのドアから、若くて上品な先生が白衣をひらひらさせながら入ってきた。きちんと整えられた黒髪と色白のきれいな顔。黒縁のメガネに清潔な白衣。黒と白で整えられた古典派の楽譜のような人が来た、そう思って見惚《みと》れていると、私の視線に気づいた徳島先生が私の目の前に来て立ち止まった。しばらくじーっとお互いを見た。


「先生の顔、めちゃめちゃきれい。ツルツルして光ってる。ゆで卵みたい」

「いいえ。生卵です。中身はやわらかい」


優雅な口調でそう言うと、徳島先生は上品に静かに笑った。高校でガラの悪い友達ばかりに囲まれていた私は、今までに聞いたことのないインテリジェンスにあふれるユーモアに感動した。いや違う、インテリジェンスあふれるユーモアではなくて、ユーモアこそが最高のインテリジェンスなのだ。ただの雑談であっても、徳島先生は私の言葉を一音ももらさないように、目を閉じて静かに耳を傾けて集中して聴く。そして非の打ち所のない論理的な言葉を返してくる。

この人とはケンカしないでおこうと決めた。完封負けするに決まっているからだ。

大学病院の医師には二通りの種類があった。治療者と学者だ。学者タイプの先生は、外来の診察は五分もなく、患者さんは、診察室に入ったかと思えば、すぐ出てくる。午前中にすべての診察を終えた先生は、とっとと医局へ消える。病棟の入院患者のところへなど、ほとんど来ない。きっと机に向かって論文を書くほうが楽しいのだろう。

知的な徳島先生は、きっと立派で優秀なえらい学者さんになるんだろう、私は勝手にそう思っていた。けれど、どうも様子が違うのだ。火曜日と木曜日は、いつも外来病棟の電気が夜の八時頃まで明々と灯《とも》っている。徳島先生の診察が終わらないからだ。外来の受付時間は午前十一時が締め切りだ。ということは、最後の患者さんは九時間も待っているのだ。その間、「徳島先生は食事をしなくてもいいのか」「トイレには行っているのか」「早く家に帰らせてあげないと先生が病気になってしまう」と入院患者たちは心配していた。ところが、長時間の外来での診察を終えた徳島先生が、少しもつかれを感じさせない涼《すず》しげな顔で、今度は入院病棟へやって来る。入院患者たちの様子を診《み》に来るのだ。

「先生、体を大事にしてください。もう家に帰ったほうが良いですよ」
「僕は大丈夫です。患者さんは、そんな心配はしなくて良いんですよ」

そうおだやかに微笑んで、いつも患者さんを安心させていた。そんな会話を横で聞いていて、私はとてもうれしかった。この人は、きっと本物のお医者さんだ。優秀な学力があるのに、えらい先生になることよりも、患者さんを治療することを選んだのだろうか。自分の地位や名声よりも、目の前の患者さんの命を大切にしているのだろうか。火曜日と木曜日の、夜遅くまで消えることのない外来病棟の明るく美しい光は、人間ぎらいだった私の心を暖めるようになぐさめ癒《いや》し、人生にとって大切なものを教えてくれた。

負けを認めなあかん

私は二十四歳になり、外来に通院をしていた。診察を終えた帰り道に病棟をのぞくと、新しく来た若くて知らない先生ばかりになっていた。だんだん病棟に私の居場所がなくなってきたと感じた。徳島先生以外に、私を知ってる先生はもういない。その徳島先生が退職するというニュースが舞い込んできた。「頼りにしていた最後の一人がいなくなる」「もう入院しても診《み》てくれる先生がいない」、そう思って呆然《ぼうぜん》とした。私は外来病棟にもどってベンチにすわり、どうすれば自分が入院をせずに生きていけるのか考えていた。そんな時だった。男子病棟に入院している薬物依存症のおじさんが私のとなりに座《すわ》り話しかけてきた。

「なあ、ルカちゃん。僕らの病気はな、思い通りにはできひん病気や。いつか負けを認めなあかん。怖いやろうけど、一回勇気出して太ってみいな。あと十キロ太ってもまだやせてるんやで。ルカちゃんは情緒不安定やからやせてるんちゃうで。やせてるから情緒不安定なんや」

絶妙なタイミングで運ばれてきたこの言葉が、不思議なくらいストンと心に落ちた。やせと情緒の関係は、お医者さんや看護師さんから何度助言されても「職務上のセリフ」として反対の耳の穴から抜け落ちていた。女性の患者さんからの助言なんてまっぴらごめん、太らされてたまるものか、と逆に私をやせさせた。依存症の男性患者さんの、一切の目的や思惑を感じさせない率直な言葉が、私に回復へのきっかけを与えてくれた。

私はもともと自分の性格が好きだった。明るくめげない、この性格のおかげで生き抜いてきたようなものだ。でもやせてからは、自分の性格がきらいになっていた。いつもイライラして怒りっぽかったり、クヨクヨしてすぐ泣いたり、まさに情緒不安定だった。体重をコントロールしようとすればするほど、情緒はコントロールできなくなってゆく。思い通りにできないつらさに対して、ついに、〝負けを認める〟時が来たのだ。

試しに一キロ太ってみる。二キロ、三キロ……。五キロほど増えたある日、思いがけないことが起こった。生理が来たのだ。「もう一生来ないだろう」「私の子宮《しきゅう》は枯《か》れてしまった」「もう閉経したんだ」、そう思い込んでいたけれど、私の子宮はまだ生きていたのだ。赤く鮮《あざ》やかな血は活き活きと輝き、大きな拍手と歓喜の声をあげているように感じた。

「この日が来ることを、ずっとずっと待っていたよ！　やっと再会できたね！　元気な体に戻してくれてうれしい、ありがとう！」

私の子宮から流れる血は、十代のころに手首から涙とともに流した、かなしみが溶け出した血とは、まったく違って見えた。それは明るく澄《す》みきっていて、希望に満ち、私自身をねぎらい、そして強く激励した。

それは、あんなにもひどい仕打ちをして痛めつけた体が、私を赦《ゆる》してくれた瞬間だった。体はいつも心と一緒にいてくれた。心がどんな状態であれ、体はいつも生きたがっていたのだ。「死のう」と考えたときでさえ、私の心臓は動き、生きようとしていた。ベッドに横になり、そっと静かに目を閉じ、傷だらけの両手で肌に触れてみる。私の体は柔らかく温かい。私の体には血が通っている。今度は両手を胸の上において心臓の鼓動《こどう》や肺の呼吸を両手で触れて実感する。今この瞬間も、私は〝生きている〟――これは当たり前のことではないのだ。そのすばらしさとありがたさに気づいた時、私の体が私の心に訴《うった》えた。

「もっと生きたい！」

体に主導権をゆずる

私は心と体を分けて考えてみるようにした。すると、私が二人いることに気づいた。それは、「心」という名の私と「体」という名の私。体こそが心の一番の友達だったのだ。私は今まで、一番身近にいてくれる友達をないがしろにし、いじめ続けてきた。そっと優しく手首の傷痕《きずあと》に触れてみる。すると同時に、いろいろな記憶がよみがえってくる。亡《な》くなった大好きな友達を、かつてなぐさめたように、私自身の体にも話しかけてみる。

「かなしかったね……。痛かったね……。よく耐えてくれたね……。ごめんね……。これからは、あなたを大切にするよ」

私は私自身に指輪を贈りたいような気持になった。いま、私は私と結婚するのだ。病めるときも健《すこ》やかなるときも共にいる。私は私を見捨てない。私は私と結婚して人生を共に歩くのだ。

私は今まで、あまりにも心ばかりを重視してきた。これからは、意識を体に向けてみよう。体は私の一番の友達であり理解者でもある。きっと体は心を、正しい方向へ教えみちびいてくれるだろう。一日三食とか、八時間睡眠とか、外部からの情報や常識をすべて忘れてみよう、体が食べたいと言ったときに欲しがる量だけを食べるようにした。胃が空っぽになって、おなかが鳴るまでは食べない。

するると、さみしい感情を埋めるために食べる習慣が少しずつ治まっていくように感じた。眠れない夜は眠らずに静かに目を閉じて、私の一番の友達である大切な体だけでも休ませるようにした。そして半年程経つと、規則的な周期で生理がくるようになった。基礎体温を計ってみると生理だけでなく排卵も再開していることがわかった。私の体は赤ちゃんを産みたがっているのかもしれない。

生き残ってしまった私に、何かお役目が残されているとしたら、それは回復した子宮を使って新しい命を生み出すことかもしれない、もしかしたら私の体を通して、この世に生を受けたがっている命が待っているのかもしれない。でも怖い。自分が親になるなんて考えられない。新たな被虐待児を生みだすかもしれない私に、そんな権利があるのだろうか。熊本先生に不安な胸の内を話す。何度も何度も同じ質問をした。


「私、子どもを産んでもいい？」

「なんでそんなこと聞くんじゃ」

「先生、私、虐待するの、虐待されるよりイヤや。もし私が虐待したら通報して」

「大丈夫じゃ。あなたは虐待する親にはならん。ワシが保証する」

あなたは充分苦しんだ、悩んだ、そして乗り越えた、だから大丈夫だと力強く断言してくれた。

そして私は、虐待を連鎖させないために必要なことを考えた。それは、暴力を振るった親を正当化しないこと、つらい過去を風化させず記憶のかたすみに静かにそっと残しておくこと。きっと過去の記憶はときどきよみがえっては、私を何度も傷つけ苦しめるだろう。それでも、自分の子どもが健やかであるなら、たいしたことではない。そして何よりも大切なのは、暴力という行為を断固として赦《ゆる》さないことだ。私個人の感情の問題でもなければ家庭や学校の問題でもない。暴力は殺人や戦争と同じく、恥《は》ずべき野蛮《やばん》な行為なのだから。

私にはずっとおつき合いをしている男性がいた。彼とは私が十九歳の時、教会学校の幼なじみの結婚式で出会った。厭世観《えんせいかん》がいっぱいで自殺を考えていた頃だった。新婦である幼なじみに招待された私は、結婚式に参列していた。

「神様、あなたが教会を愛してくださったように、私たちも互いに愛し合えますように」

結婚式の礼拝で聞いた彼の祈りは、それまで聞いていたうんざりするような利己的な願い事ではなく、初めて聞いた希望の祈りだった。私はうれしくなって、礼拝後に彼に話しかけた。私たちは少しずつ仲良くなった。結婚を考え始めたとき、私は彼に打ち明けた。

「私、赤ちゃん産まないと思う。私、産んだらあかん人やねん」

彼は、それでもいいと言ってくれた。申しわけない気がしたけれど、彼の言葉を信じてみようと思った。

そして、私が二十六歳の時に、彼は私の夫になった。

結婚してからも、しばらくは妊娠しないようにしていた。でも意図的に妊娠を遠ざけることは、大きな何かに逆らっているような気がする。たくさんの死の中で生かされている私は、新しい命をつないでいくという、大きなお役目を果たさないといけないような気がする。〝死〟に対しての決定権が人間にはないことを、私は確信している。それでは〝生〟に関してはどうだろうか。自然にまかせて授かれば、産んでもいいということかもしれない、ふとそう思った。

でもその前に、私には整理したい大きな課題が、ひとつ残っていた。

巣立つ時

十代の頃に、看護師さんが私に話してくれた大切なことを思い出した。

「あなたは今まで、暗闇《くらやみ》の中を独《ひと》りぼっちで歩いてきたんや。真っ暗な場所を手探りで歩いて正面からカベにぶつかって、ようやくそこがカベだと気づく、大変な生き方をしてきた。これからはもうそんなことはしなくていい。あなたを支えてくれる杖《つえ》を持てばいいいんや。でも、明るい場所に出られたとき、あなたには杖《つえ》がいらなくなる。そのとき、あなたは自分の手を杖から離さないとあかん。自分から手を離すんやで。熊本先生から巣立つ時は、あなたが自分で決めるんやで」

熊本先生は私にとって、お医者さんではなかった。教育者だった。学校に卒業式があるように、私にもオッパイのないお母さんから巣立つ時が来る。私を見捨てないと約束してくれた熊本先生が、自分から終わりを告げることがないということを、私はわかっていた。

私は二十七歳になっていた。その頃の私は、軽い〝うつ〟と不安が残っているくらいで、充分に安定していたけれど、まだ薬が必要だった。熊本先生との関係は、自立の過程にある少年と母親のようになっていた。母親がそうじをしに、自分の部屋に入ってくるのがイヤでたまらない、そんな気持ちだ。私はたくさんの自己と秘密を持ちたいと思いながらも、あけっぴろげに何でも先生に話してしまう。親離れが上手くいかずに、私は先生の悪いところをわざわざ探して非難したりする。ああ、このままだったら、先生のことキライになってしまう。先生も私のことキライになるかもしれない。その前に、きれいにお別れしないと……。

「先生、今日は話がある。先生は私にとって教育者やねん」

「ほほう〜」（たまにはええこと言うやないかと鼻の穴を広げて誇《ほこ》らしそう）

「でも、私はもう成長した。だから教育者はもういらん」

「ほほう……」（声のトーン下がる）

「私、お医者さんに診てもらいたい。徳島先生に診てもらいたい」

「なんで徳島なんじゃ」

徳島先生は私にとって唯一の「お医者さん」だった。親の愛情に飢《う》えていた私は、親と同年代の先生や看護師さんを、すぐに父親や母親に重ねて見てしまうところがあった。そして感情のやりとりが生まれてしまう。感情のやりとりは激しくなるとつかれるだけだ。そして、思春期に充分愛された私には、もうそのやりとりは必要なくなっていた。親の年代より若くて、いつもほどよい距離感を保ってくれる徳島先生だけが、私にとっては、たった一人の「お医者さん」だった。だから徳島先生のところに行きたい。そう説明した。

「なるほど。それはええかもしれんな。ワシのことが恋しくなったら、いつでも戻ってきてかまわんよ」

「先生ありがとう。バイバイ」

熊本先生の明るい性格のおかげで、お別れはさみしくなかった。「戻ってきてもいいよ」と言ってくれたけど、私はもう熊本先生には会わないと決めていた。私は杖《つえ》から手を離して独りで歩いていくのだ。私は存在を肯定され、親密さと信頼を教わり、巣立つことができた。親以外の人に育ててもらえた私は、なんと幸せ者だろう。

徳島先生の初診の待合室で、少し心配をしていた。上品なジェントルマンの徳島先生が、私のように大きな口を開けて笑う人を診てくれるんだろうか、そういえば、徳島先生の当直の夜に三回も呼び出したことがあったな……。そんな心配をしていた時だった。呼び出しマイクを使わずに、徳島先生が診察室から出てきて待合室まで私を迎えに来てくれた。病院の頃から変わらない、静かに微笑む顔と優しい声に安心した。


「悩んでることはありませんか?」

「あるけど言いません」

「それでいいんですよ。精神科医に何でも話さなくていいんですよ。僕《ぼく》にも悩み事はありますからね。それでいいんですよ」


徳島先生に心を開いていないわけではない。でも、もう精神科医と仲良くなりたくなかった。精神科という、心がむき出しの場所につかれていた私には、徳島先生の淡々《たんたん》とした診察はとても楽だった。ケーキを焼くにしても絵を描くにしても、何か物を作るときに一番難しくて重要なのが仕上げの作業だ。徳島先生は静かに丁寧《ていねい》に完璧《かんぺき》に、長年の治療の仕上げをしてくれた。

私は二十八歳になり、夫と二人で生活していた。まだ、母親になるのは怖くて、子どもは作らないようにしていた。昼間、夫がいない間は、家事をするだけでは時間が余ってしまう。けれど、自分のやりたいことは何もなかった。子どもの頃からそうだった。卒業文集の最後に書く「将来の夢」は、私だけいつも空白だった。

摂食障害が回復して体重が増えると、体は重くなったはずなのに、軽く動けるようになった。歩くのも自転車に乗るのも楽しくなってきた。体は使うためにあるのかもしれない、そう思った。でも私は自分の体を何に使っていいのかわからなかった。

自分のお役目が何なのかわからない私は、とりあえず、声をかけてもらった仕事は何でも断らずに引き受けてみることにした。元の職場である販売員の仕事や、友達のバンドの手伝い、彫刻のモデル、いろいろやったけれど、どれも私を幸せにしてくれる仕事ではなかった。

私はお天気のいい日に、大きな公園に行ってベンチに腰かけ空を見上げていた。ハッと気がつくと私のヒザの上にネコがすわっていた。あたりを見回すと、ヒザの上だけでなく、私の四方八方をネコが囲んでいた。ふとネコの耳に目をやると、片方の耳の先が台形になっている。人工的に切られた痕《あと》があるのだ。しばらくするとネコに食べ物を与えるおじさんがやってきて、私に説明してくれた。

「地域ネコっていうねん。繁殖制限の手術した時にな、麻酔《ますい》が効いて寝てるうちに耳の先を切ってあるんや。何回もお腹開いたらかわいそうやろ。耳が切れてるネコには食べもんやってもかまへんねん。そうじもせなあかんけどな。ネコかて生きてんねん。死んだらかわいそうや。あんた、ネコが好きなんやったら手伝ってくれへんか。おっちゃんエサ代大変やねん」

声をかけてもらった仕事は何でもやってみると決めていた私は、引き受けることにした。動物愛護センターにも足を運んだ。そこには、私がかつて入院していた精神科病棟にあった部屋と同じ名称の、「処置室」や「保護室」と呼ばれる部屋があった。私が手首の傷を縫《ぬ》ってもらっていた部屋である処置室は、ここでも同じく、動物のケガの手当てをするための小さな部屋だ。処置室を出て廊下を曲がると、けたたましい悲鳴のような鳴き声が聞こえてくる。保護室だ。長く暗く冷たい廊下の片側に、厳重にカギがかかった鉄格子の檻《おり》が五つほど並んでいる。そこは、かつて私が泣いて過ごした保護室よりも、さらに過酷な環境だ。人間に見棄《みす》てられ檻の中に置き去りにされた犬が、鉄の格子のすき間から、私をじっとを見つめて大きな声で吠える。

「助けて！　ここから出して！」

言葉を持たない動物の、叫び声が聴こえた。この声を、私が代わりに言葉にして伝えたいと思った。施設の一番奥には、精神科病棟にはなかった「処分室」と書かれた部屋があった。ここは、二酸化炭素によって動物を窒息《ちっそく》させて殺処分する部屋だ。そして処分室のすぐとなりには焼却炉が見える。さっき私を見つめて、「助けて！」と吠えた犬も、もうすぐこの部屋に運ばれてしまうのだろうか……。

「イヤだ！」

私の体の奥から、メラメラと情熱がみなぎってきた。私は動物の〝生きる権利〟を守る活動を始めた。この仕事は、私を幸せにしてくれる仕事だった。動物が幸せになることによって、社会全体に幸せが広がるような気がしたからだ。

十年前、保護室の中で泣いていた私は、いつのまにか強くなっていた。ただ憂《うれ》いにくれるだけではなく、〝死〟以外の解決方法を知り、実行できる力がついていた。

第8章

私は生きつづけ、虐待は連鎖していない

人生の第二幕

ある日、徳島先生の診察で、子どもを作らないようにしていることを相談すると、「そんなことしなくていい。大丈夫です。あなたはちゃんと育てられる」と優しくはげましてくれた。そして薬を上手に減らしてくれた。しばらくして妊娠したことを報告すると、徳島先生はふだんにもまして優しく丁寧《ていねい》に話してくれた。

「無事に出産されることを、陰ながら応援しています」

そして通院は無事に終了した。

その夜、私は人生の第一幕を降ろし、次の朝、第二幕を上げた。これから母親として強く生きてゆくために、整理しきれない膨大《ぼうだい》な記憶をハサミで切り取って捨ててしまいたくなった。

昨日の私と今日の私は別の人だ。人生は線ではない、細かな点の集合なのだと自分に言い聞か

せては、押しつぶされそうに重い過去と現在とのみぞを深めていった。その代償として、私の人生は連続性と原点を失った。

おまけに私は、今までたくさんの人たちからプレゼントされた、大切な宝物をすべて捨《す》てたのだ。まるで、かなしく切ない過去を葬《ほうむ》り去るように。私の心の一部をハサミで切り取るように。もうこれ以上、失った痛みを感じなくてすむように……。ずっと大切にとっておいた看護師さんたちからのプレゼントや、亡くなった友達と文通した手紙、そして大好きな友達が身につけていた遺品……。私はとても怖かった。このままでは、私は一生、過去の亡霊《ぼうれい》に呪《のろ》われ続けてしまう……、そんな気がして、とても怖かった。けれど、これから私は母親となり、新しい明るい世界に旅立つと決めた。〝生きること〟――それはつまり、自分の未来を引き受けるという覚悟だ。そしてそれは、死を選んだ友達が放棄したことでもあった。

母性がない？

妊娠期間中はずっと、大きな悩み事に支配され続けていた。それは、「母性がない」ということだった。「母性とは何なのか」「どこにあるのか」「いつ芽生えるのか」「私の中にその種子はあるのか……」、すべてがわからなかった。

そのうち、「母性がない」という悩みは「母親になる実感がない」という感情に変化した。

そして困ったことに、「母親になる」という実感は、出産の当日、陣痛がはじまってもなお、わいてこないのだった。「私のお腹、どうしてこんなに大きくなるのかな、中にエイリアンでも入ってるのかな、痛い痛い、痛いってことはもうすぐ産まれるのか、ちゃんと人間がでてくるのかな、怖い怖い、私がお母さんになっていいのか、私の母性はいつ芽生《めば》えるのか……」私の思考は子宮の痛みとともにぐるぐる廻《まわ》る。「このままじゃ、お母さんになれない……、母性がない……、母性はどこ……、いつ芽生えるの……」

陣痛の痛みは押しては引く波のようで、私は宇宙と一体になったような感動を覚えた。するとその次の瞬間、ずっと見つけられずにいた探し物が、痛みの波とともに私の心に打ち寄せて運ばれてきた。私はようやく気がついた。永《なが》い間、囚《とら》われ続けていた、「私には母性がないのかもしれない」というこの不安感こそが、まさに母性そのものなのだと。

帰郷

二人目の子どもは、自宅出産を選んだ。私たちが新しく築《きず》いた家で、新しく結んだ人たちに囲まれて、信頼できる助産師さんの介助で産むことに決めた。父も母も呼ばなかった。それで何も問題はなかったどころか、むしろとてもすがすがしく爽《さわ》やかだった。

夫とかわいい子どもたちがいつもそばにいてくれて、充実した楽しい日々を過ごしている。

子どもの頃からあこがれていた平凡な温かい家庭を、大人になった今、自分の力でゆっくりと築いているところだ。

それなのに、どうして私はさみしいのだろう。なぜだかわからないけれど、いつも、ほんのりとさみしいのだ。何か大切なものを落としてしまったような心細さにも似たさみしさを感じる。思い返すと、このさみしさに最初に気づいたのは、初めての妊娠中だった。まわりの妊婦さんたちと話をすると必ず、「里帰り」の話題が出てくる。みんな「里帰りが楽しみ」だと声をそろえて言う。帰る場所がない私は、一人さみしい思いで話を聞いていた。

故郷って何だろう。生まれた家は私の故郷ではない。なつかしい場所でもなければ、帰りたい場所でもないからだ。親子だから、血がつながっているから、という理由だけで会っても、うれしくも何ともない。心が安らぐこともなければ満たされることもない。やっぱり私には、帰る場所がないのだろうか……。

産んだばかりの我が子を抱いて散歩していたある日のこと、街でばったり、病院にいた看護師さんと再会した。赤ちゃんを抱いている私を見つめる看護師さんの目には、透明にキラキラ光るものがあった。

「ルカちゃん……、生きてたんやねえ……」

こんな平和な時代の中で「生きていて良かった！」、こんな感動的な再会のあいさつがあるだろうか。そして、その後看護師さんは、赤ちゃんの顔が私とそっくりだと言って笑った。

「熊本先生、喜んではるやろ」

「全然会ってない、熊本先生には知らせてない」

そう言うと、看護師さんは少し怒り顔になって言った。

「なんでや！　喜んでくれはるで。赤ちゃん見せに行かなあかん！」

それから数ヵ月後、今度は偶然、婦長さんに会った。いつもおだやかだった婦長さんが大きな声で感嘆の声をもらした。

「あの……ルカちゃんが……、お母さんになってるやなんて！」

そして婦長さんもまったく同じことを言った。

「熊本先生、喜んではるやろ」

報告してないと言うと、いつも優しかった婦長さんも怒った。

「何あほなこと言うてんの。先生に孫《まご》の顔見せなあかんやろ」

二度あることは三度あるというのは本当らしい。今度は熊本先生が勤務する診療所の受付の女性に偶然会った。

「水曜日の十二時においで。診察終わったあと、孫の顔ひと目でいいから見せてあげて」

言われたとおり、水曜日に熊本先生のところへ行った。熊本先生に会うのは五年ぶりになるだろうか。

「なんじゃ！　高校生が子ども、産んどるやないか！」

熊本先生は、子どもを抱く私を見るなり、大声で叫んで、しばらく硬直していた。そして、私の子どもを抱っこすると、興奮した様子で、一人でしゃべり続けた。

「なんや！　この子！　めちゃめちゃかわいいやないか！　どっからみてもかわいいええ子やな。なんか旨いもんやらんといかんな。おい、パン食うか。餅《もち》食うか」

「先生、まだ赤ちゃんやし、歯生えてへんから、パンもお餅も食べられへん」

「おお……。そうか……。そうじゃった……」

残念がる姿は、孫をかわいがるおじいちゃんそのもののように見えた。

それから三年後、今度は私一人で熊本先生に会いに行った。先に旅立った友達の思い出話を少ししたあと、私の口から思わぬ言葉が涙と共にこぼれ落ちた。

「先生は私に、病院の子になったらいかんって言うたけど、やっぱり私は病院の子なんや」

「それでええ。あの頃のあなたは、ほんまによう頑張っとったもんな」

そうだ、私の心の故郷、私の帰りたい場所は、あの頃の病院だ……。温厚で頼もしい先生たちと、白衣の寛大なお母さんたち。緑の木々が美しい庭と、眠れぬ夜に語りあった愛する姉妹たち。私の心は、あの時、あの病院ですこやかに育《はぐ》くまれたのだ。人がなつかしいと感じ、帰りたいと思う場所は、その人の心が育った場所なのだろう。

サバイバーズ・ギルト

私は、二人の子の母親になった。だれも頼る人のいない育児はとても大変だったけれど、毎日がおだやかで楽しかった。子どもたちはとてもかわいかった。この子たちは生きているだけでよい、心からそう思えた。

日常生活で困難なことは特になかった。それなのにおだやかな毎日の中に、いつも違和感があった。平凡な日常に慣《な》れていないからだろうか。確かにそうかもしれない、でもそれだけでは説明できない、得体の知れない違和感があって、なぜか私は責《せ》められているような気持ちがしていた。急に不安になることもあった。私は過去を消して何事もなかったように普通の人生を送ることができるのだろうか。私の手首には傷がある。この傷が、私を責め立てる。

「昔のことを忘れたなんて言わせないぞ！　自分だけ幸せになるなんて！　この卑怯《ひきょう》者《もの》！」

私は普通のお母さんにはなれないのだろうか。過去を切り取り、「なかったこと」にしてしまうことは赦《ゆる》されないのだろうか。死んだ友達を置いて、一人だけどんどん先へ進んだ私は、ずるい人間なのだろうか。私はまわりにいるお母さんと自分を比較して、私自身が育児を楽しめていないことに気がついた。この苦しさはいったいなんだろう。

私は思い切って、四年ぶりに徳島先生の診察を受けることにした。診察室に入り、先生の顔を見た瞬間、緊張がゆるんで涙があふれてしまった。そういえば、母親になってから私は一度も泣いていなかった。ぽろぽろと涙が流れてとまらない。ずっと泣き続ける私を、先生は静かに待ってくれた。

「おひさしぶりですね。お元気にしておられましたか」

「私は、元気になって幸せに暮らしています。でも、ずっと違和感があるんです。誰も知らない小さな島に戦争に行って、そこから一人だけ生きて帰ってきたみたいな気がして、苦しい」

先生は、うんうんと深くうなずくと、自分の鼻のあたりを指差して、私をまっすぐ見て言った。

「僕もあなたと一緒に戦地にいました。僕を一緒に闘《たたか》った仲間だと思って、話をしてくれませんか?」

「私はずるくて卑怯《ひきょう》です」

「どうして、そう思うんですか?」

「……私一人だけ、生き残ってしまったから」

すると、いつもクールな徳島先生が、真剣な顔で私に言った。

「いいですか、あなたは、自分を責めなくていいんですよ! あなたは、ずるくもなければ卑怯でもありません!」

その瞬間、癒《いや》しがおこった。診察室に向き合ってすわる徳島先生と私の、ちょうど真ん中で、二人の癒しが同時におきたように感じた。徳島先生も何かに苦しんでいたのだろうか。そういえば、私の亡くなった友達のうちの何人かは、徳島先生が担当医だった。治療中の患者に自殺をされてしまった医師たちも、私と同じように、自責の念を抱えながら生きているのだろうか。

そして、徳島先生は私に「サバイバーズ・ギルト（生存者の罪悪感）」という言葉を教えてくれた。私がずっと感じていた違和感とは、まさにこの罪悪感だった。それから私は先生に、ぽつぽつと話し始めた。母親として強く生きるために亡《な》くなった友達の遺品を捨ててしまったこと、そうしないと自分も〝死〟の世界にひっぱられるような気がしたこと、整理できない記憶を切り捨てるように人生の第一幕を降ろしてしまったこと、だけど今の人生を心の底から楽しめていないこと……。

先生に話を聴いてもらっているうちに、心の中にある針が止まったままの時計が動き出した。そして少しずつ、連続性を失った過去と現在が、再び結ばれ始めた。

死者からの伝言

ある日、二歳の娘と昼寝をしようと、二人で布団に入っていた時のことだった。娘が天井やカベのあたりを見渡して、ニコニコ微笑んでいる。

「どうしたん？　何見てるの？」

「キラキラの虫さん、いっぱい飛んでるねえ」

「え？　キラキラの虫さん、見えるの？」

私には何も見えないけれど、娘には何かが見えていて、声も聞こえているようだった。大人よりも純粋で無邪気《むじゃき》な子どもには、大人には見えないものが見えるという話をどこかで聞いたことがある。天使なのか妖精なのか、その正体は大人になった私にはわからないけれど、確かに今、私のとなりで娘は何かの〝精〟とコミュニケーションしている。

「お母さんに会いに来たんだって」

「キラキラの虫さん、何かお話してるの？」

「お母さんのことが大好き、だって」

もしかしたら、亡くなった友達が会いに来てくれたのかもしれない、そう思った。

「あとね、ごめんね、だって」

「え？　ごめんって言ってるの？」

「うん。『ルカちゃん、ごめんね。ルカちゃん、ごめんね』ってキラキラの虫さんたちが言ってる」

私は驚いた。罪悪感を抱えて苦しんでいるのは、生き残った私だけではなく、死んでしまった本人たちも同じなのかもしれない。

私は心の中で彼らに伝えた。

「もういいよ」

すると彼らからも、こだまのように言葉が返ってきた。

「もういいよ。私たちのこと、もう、忘れてもいいよ」

もうこれからは、過去ではなく現在に焦点をあてて、そして人生を謳歌《おうか》して欲しい、そんなふうに聴こえた。

エピローグ

愛の連鎖《れんさ》

私は虐待を連鎖させていない。
私は暴力の鎖《くさり》の輪をほどいた。そして代わりに愛情の輪をつないだ。子どもを育てるように私を大切に愛してくれた人たちを思い出すたびに、その輪は強くたくましい大きな囲《かこ》いとなる。その囲いの中で、私は安心して愛を連鎖してゆく。失いかけた命を救ってもらった私には、今日があることすら奇跡のように感じられる時がある。それゆえ私が産んだ子に対しても、自分の子のようには感じず、人智《じんち》を超越した大いなる存在が、一時的に私に託してくれた、厳《おごそ》かな生命のように感じるのだ。いずれどこかへ巣立ち循環してゆく子どもたち。私のもとを離れるまでの、ほんの十数年間、思うぞんぶん楽しい日々を過ごしたい。彼らの子ども時代の楽しい思い出の中に、私がいられますように。

「お母さん、止まって、降ろして」

自転車の後ろで娘が叫ぶ。

「あそこの落ち葉ひろいたい」

めんどくさいな、と思いながら自転車を止める。拾《ひろ》ってきた落ち葉をうれしそうに私に見せる。

「お母さんにあげようと思ったんや」

子どもたちは、散歩のたびに落ち葉や石や松ぼっくりをひろっては、私にプレゼントしてくれる。活動を終えた荘厳《そうごん》な宇宙の破片。完成された美しさと存在感がそこにはある。海でひろった貝がらも子どもたちのお気に入りだ。

「この貝がらはもう死んでるんやって。でもずっときれいやな」

私は、死後の世界も輪廻《りんね》も転生《てんせい》も信じていない。けれど生命が循環していることは感じとっている。子どもたちがひろってきてくれる落ち葉や貝がらのように、息途絶《とだ》えても美しく大切な人たち。私の記憶の中で生きつづける、愛する友達。彼らはまるで、人生の秋に枝から離れ、優しく風に舞う美しい落ち葉のようだ。風のなかに彼らを感じたとき、私はなつかしさに涙を流すだろう。そして私は大地にしっかりと根を張り呼吸し続ける。秋には作物を実らせよう。私自身が収穫して楽しむために。

あとがき——ほんとうは生きつづけたい、あなたへ

本文には書ききれなかった、感謝の気持ちをここに記しておきます。

救急病院の先生へ。過食嘔吐で運ばれてきた私に、あなたはご自分のメタボリックなお腹をさすりながら、こんな素敵な言葉を贈ってくださいました。

「あなたには、すっごいパワーがあるんだよ。僕なんかより、ずっとパワフルだよ。だって僕、過食嘔吐なんてできないもん。拒食なんてもっと無理」

「つまりね、パワーを活かす方向を変えればいいんだよ。なんか創作して持ってきてよ」

先生にいただいたお言葉どおり、本を一冊作りました。お手元に届くでしょうか。

そして、九〇年代のK大病院精神科の看護婦さん。あなたたちが、患者さんの死に涙するところを、私は何度も見てきました。一生懸命看護したにもかかわらず、報われない無念の死だったと思います。けれど、あなたたちの労働の実りが、今ここにあります。

そして、最後になりましたが、読者のみなさま。

この本を手にとり、読んでくださって、ありがとうございました。

さて、あなたは、読み終えたこの本を、どこに片付けますか？

できれば、あなたの部屋の本棚のずっと奥のほうに、そっと置いておいてください。

そして、ふと思い出したときに、友達を家に招くように、本棚から取り出して私を呼んでください。友達に会いに行くように、心を開いて読まれたいと思います。


生きつづけている私が、この本をとおして伝えたかったことは、死さえ選ばなければ、人は自由に生きてよいということです。

もし、あなたが、うつで寝たきりの状態でも、手首を切ったばかりでも、過食の真っ最中で太っていても、ひきこもっていても、刹那的な人間関係に溺れたり、薬物やアルコールに依存していても、それが生きつづけるための手段であるなら、どうぞ続けてください。


本棚のずっと奥のほうから、そっと、あなたを応援しています。

二〇一七年七月

吉田ルカ

解説――生の肯定への道のり

浜垣誠司

人は、何のために生きているのでしょうか。毎日が苦しいことや、いやなことばかりでも、我慢して生きつづけていくことに、いったいどんな意味があるのでしょうか。こんな人生もういやだ、終わりにしようと思っても、「命を粗末にしてはいけない」などとまわりから言われ自由にさせてもらえないのは、いったいどうしてなのでしょうか。

この本は、一人の女性が身をもってこの問題にぶつかり、まさに命がけで格闘しながら、その答えを探していった記録です。

第5章で、吉田ルカさんが「なんで死んだらあかんの?」と熊本先生を問いつめた時、先生の答えは「ワシがかなしいからじゃ」でした。ルカさんはこの答えに納得せず、「それは先生のエゴや」と却下しますが、でも元をただせばルカさんがこの問題で悩み始めたきっかけは、同じ病室の親友が亡くなった悲しみだったのです。もしもルカさんが自殺してしまったら、やはり同じように悲しみに暮れる人を、周りにたくさん作ってしまうでしょう。また仮に、世界中の人みんなが、私が生きることを望んでいなかったら、その場合はたしかに死にたくなるかもしれません。

そういう意味で、人間が生きている土台の部分において「まわりの人の気持ち」というものは、何かきっと一つの役割を果たしているのでしょう。私も精神科の医師をしていると、「死にたいんだから死なせてくれ」と言われることがありますが、やはりそういう時は熊本先生と同じように、「私はあなたに生きていてほしい」「死なないで」ということを、全力で伝えようとします。それは私の「エゴ」かもしれませんが、しかし実際に心からそう願っているのは事実ですし、そしてここが大切なところだと思いますが、そう願っているのは私一人だけではなくて、本当はまわりのみんなだと思うのです。

自殺念慮を抱えた人のご家族も、時に本人から死にたいという気持ちをもらされることがあるかもしれませんが、その時はためらわずにはっきりと、「死なないで」という思いを言葉にして伝えてあげて下さい。死んでほしくないと周囲が思っているのは当然で、わざわざ言うまでもないと思われるかもしれませんが、死を考えるほどの人にとっては、これは当然のことではないのです。本人に生きてほしいと周囲の人が心から願っていることが伝われば、それは少なくとも当面は、自殺を思いとどまらせる力になりえます。

しかしその「当面」が過ぎ去った時、ルカさんは一度目の自殺未遂をしてしまいました。そして救急病院でアルコール依存症のおじさんと出会った彼女は、自分の死にたい気持ちの「本当のこと」を、言葉にします。それは、「どうして死にたいかというと、私は無力だから」ということでした。

彼女が死にたい理由が、「つらいから」「苦しいから」ではなくて、「無力だから」だったというのはピンと来にくいかもしれませんが、しかし彼女にとってはこれこそが、底知れぬ問題の根源だったのです。人はつらいことや苦しいことがあっても、それを自分で何とかできるのなら死のうとまでは思わないでしょうが、彼女は自分にはそんな力がなくて、何もできないと感じていたのです。

ルカさんが実際にはさまざまな力を持っていたにもかかわらず、こういう不当な無力感にとらわれていた原因は、彼女が小さい頃から父親に虐待を受け、自分の存在価値や能力を否定されつづけていたからでしょう。彼女の生の困難さは、そこに一つのルーツがあったのです。

さてそんなルカさんに、ある日心理の先生が、ポトスという観葉植物を渡してくれました。彼女はそれを病室で小さなビンに生けて育てることになるのですが、ここでルカさんと植物の間に生まれた交流が、「生きる」ということについて、彼女に新たな展望を与えてくれました。そして彼女は、「生命はいつも完成している」という思いに至ります。

この「生命はいつも完成している」という言葉は美しく詩的ですが、あえてくだいて説明するならば、「すべて生命というものは、ただそれ自体で存在価値があるもので、それ以上何をつけ加える必要もない」という感じでしょうか。ビンに挿《さ》された一本のポトスに、他の生き物よりもすぐれた何か特別な性質があるわけではありません。しかしそれでも、この一つの生命は、何を補わなくてもそれ自体で、かけがえがないのです。

しかもこのポトスは本当に無力で、ルカさんが世話をしつづけていなければ、すぐに枯《か》れるような存在でした。しかし、彼女に頼らざるをえないその生命も、その無力さゆえに価値が減じることはなかったのです。またそれは、ルカさんに世話をかけるだけで何の役に立つものでもありませんでしたが、それでもポトスの生命は「完成」しており、それは彼女にとってこの上ない喜びでした。

つまり、生きていることはただそれだけで価値があるもので、力があるかないか、役に立つか立たないか、何か取り柄があるかないかなどということは、その生命の価値とは何の関係もないことだったのです。一挿しの小さな植物が、それを彼女に教えてくれたのです。

しかしそれを認識したルカさんも、あともう一度身をもって、この問題にぶつかることになります。しばらくして彼女はまた死にたい気持ちを抑えられず、大量の薬をのんで、病院の処置室で目ざめました。

ただ今回は、それまでの自殺未遂とは違いました。ベッドのわきでじっと見守ってくれていた茨城先生から、彼女は「死ななくていい」「生きていていい」というメッセージをはっきりと受けとり、「二十二年間もの間、苦しい陣痛に耐えてきて、難産の末にようやく生を受けた」と感じたのです。

それまでにもルカさんは、興奮状態で熊本先生に注射をされながら、「あなたの生命はそれだけで守るに値する価値がある。すべてを失ったあなたでも、生きつづけることを許されている」と言われているような安堵を感じたということですし、またさまざまな場面でかかわってくれた看護師さんたちからもたくさんの暖かいメッセージをもらい、心理の先生からはあの大切なポトスを渡されました。

彼女は、こうやって多くの人々から受けとった「肯定《こうてい》」を蓄積していくことで、両親には満たしてもらえなかった心の大きな空洞を、知らないうちに少しずつ埋めていったのでしょう。そして、茨城先生からもらった「崇高《すうこう》で純粋な贈り物」によって、あたかもパズルの最後のピースがはまるように、ついにその作業が完成したのです。

死にたい人に対して周囲の人が、「生きていてほしい」「死なないで」と願うのは、その場の当人にとっては、一方的な「エゴ」に映《うつ》るかもしれません。しかし、そういう働きかけがたくさん積み重ねられて時が満ちれば、それは「自分という存在は肯定されている」「世界に受け容れられている」という、根本的な安心へと昇華しうるのです。多くの人ではこの自己肯定感は、生まれた時から親が自分の生を認めてくれていること、自分が生きているただそれだけで親が喜んでくれることの積み重ねによって、形づくられていくのでしょう。ルカさんの場合は、親からそのような肯定を受けられず、したがって青年期までは自己肯定感を十分に持ちえませんでしたが、それでもその後の人とのかかわりによって、それはしっかりと形成されたのです。

その後、本書の終盤では、それまでの自分が生きることへの奮闘から一転して、大切な人々の死をいかにして受容するかということが、主題となります。ここでは、彼女の子供たちとの共同作業が重要な役割を担《にな》い、そのラストシーンでは、落ち葉や貝がらなど死せるものに、再び「生命の完成された美しさと存在感」が映し出されます。

さて、ルカさんが長い苦しみの末にたどり着いた、「生きているだけで価値がある」という認識は、単純であたりまえのことのようですが、得てして私たちはこれを忘れがちです。「働かざる者食うべからず」とか、「○○でなければ生きている価値がない」とか、私たちの心の奥には、何かにつけ生きることに条件をつけようとする傾向があります。また近年は「尊厳死」などと言って、自分の思う尊厳を保てなくなったら死んだほうがましと考える風潮も一部にあります。しかしどんな形であれ、いったん生命の価値に差別を作ってしまうと、結局それは私たちの一部を、「価値のない生命」として切り捨てるものになるでしょう。「安楽死は殺人じゃ」という第3章の熊本先生の言葉も、ここにつながります。

この解説の冒頭《ぼうとう》の問いに戻ると、人が生きている理由としてルカさんがたどり着いた答えは、「ただそれだけで価値があるから」ということでした。何かあっけないような結論ですが、しかし生きるということについて、これ以外に何か別の目的や意味を設けてしまうと、それは生の困難をかかえた人にとっては、行く手を阻《はば》む壁にもなりかねないのです。

私たちの国は、今も自殺率が世界のトップクラスにありますが、死に引き寄せられつつも生をつかみとったルカさんのこの本が、多くの人の力になることを願ってやみません。

（はまがき・せいじ／精神科医）

吉田ルカ（よしだ・るか）

幼い頃から家庭の問題について悩み、思春期の大半を
精神科病棟で過ごす。
現在は新しい家庭を築き、家事や育児のかたわらで、
行き場のない犬や猫が永続的に安心して暮らせる家庭
をみつける「動物の生きる権利を守る活動」をしている。

死《し》を思《おも》うあなたへ――つながる命《いのち》の物語《ものがたり》

2017年9月25日　第1版第1刷発行

著　者――吉田ルカ
発行者――串崎　浩
発行所――株式会社 日本評論社
〒170-8474 東京都豊島区南大塚3-12-4
電話 03-3987-8621（営業）　-8595（編集）
印刷所――港北出版印刷株式会社
製本所――株式会社難波製本
装　幀――図工ファイブ
検印省略

ISBN978-4-535-58717-5　Printed in Japan